dear+ novel
Doukyo chuuihou・・・・・・・・・・・

同居注意報

栗城 偲

新書館ディアプラス文庫

同居注意報

contents

同居注意報……005

バレンタイン警報……143

あとがき……225

illustration : 陵クミコ

同居注意報

都内オフィス街の中に聳《そび》えるビルを目の前に、松澤壱《まつざわはじめ》は緊張に喉を鳴らす。

エントランスに足を踏み入れる勇気はなく、先程から一時間以上、中をうかがいながら歩道をうろついていた。

コートにセーター、デニムジーンズ、足元がスニーカーでは、スーツの大人しか出入りしていないオフィスビルには、とても入れない。入る勇気が出ない。

——……制服で、くればよかったか。逆に。

会社見学の高校生、という態《てい》であれば、却《かえ》って入りやすかったかもしれないと、私服で来てしまったことを後悔する。もっとも、ビルの中に入れたところで、どうすることも出来ないのもわかっていた。

手遊《てすさ》びに携帯電話を弄《いじ》りながら、壱は嘆息する。

今の自分は、ちょっとしたストーカーだ。

液晶画面で時間を確認してから、もう一度ビルの出入り口を見やる。こんなところに乗り込んで来て、どうするつもりなのかと、今日幾度目《いくどめ》かになる自問をした。

——どうせ、明日会うってのに。

壱が出待ちの真似事《まねごと》をしているその対象は、「霧島駈流《きりしまかける》」という男性だ。明日から壱が世話になる霧島家の長男であり、壱の保護責任者となる人物である。

待ちきれなくて、父から聞いた彼の勤務先までやって来てしまった。勿論《もちろん》、アポイントメントなど取っていない。彼が出てきたところで、声をかけることも出来そうにないし、遠目に見ているのが関の山だ。

そんな己《おのれ》が、子供っぽくもあり、ストーカーっぽくもあり、我ながら気持ち悪いと、壱は切れ長の二重を微《かす》かに伏せる。

「……あ」

一体どうしようかと迷い始めて数時間、エントランスから見覚えのあるスーツ姿の男性が出て来た。昔撮《と》った写真を何度も見ていたので、すぐにわかった。霧島駈流だ。

彼は同僚と思われる男性と並び立ってコートを羽織り、駅のほうへ向かっていく。壱も慌ててその後を追いかけた。

自分の背が伸びたせいか、記憶よりも「とてつもなく大きな人」ではない。けれど、周囲の人たちよりもだいぶ長身で、スタイルもいい。隣に並ぶ人と、腰の位置が違う。

気付かれないよう後をつけながら、やっと会えた「初恋の男性」に、胸が高鳴るのがわかった。

壱の父親と駈流の父親が親友同士で、小さな頃、幾度《いくど》か遊んでもらったことがある。壱が小学校の低学年で、彼が中学生か高校生くらいのときのことだ。

壱は、小さな頃から引っ込み思案で、協調性がない、と言われていた。みんなと遊びたくないわけではないが、愛想がないためか、初対面の相手と仲良くできたことは殆《ほとん》どない。父親がアクティブな性格で、よく花見や海水浴、キャンプなどに連れ回されたが、そこで出会う父の友人の子たちとは毎度うまく馴染めなかった。

駈流は、そんな可愛《かわい》げのない子供である壱を、よく気にかけてくれたのだ。無愛想な自分が嫌ではないのか、と思ったりもした。それでも一緒に遊んでくれるのが嬉しくて、触れられるとドキドキした。父にまた会いたい、また遊びたい、とねだったこともある。

——俺のこと、覚えてくれてるだろうか。

彼がいるときは憂鬱《ゆううつ》な集まりも楽しく感じたが、一人年齢が離れていたこともあってか、二年ほどで顔を見せなくなってしまった。集まりに彼がいないことがわかる度《たび》、泣きたくなるほど悲しくて、堪《たま》らなかった。

そのとき、幼いながら、自分は彼に恋をしていたのだと気付いたのだ。

また会いたい、彼と話がしたい、と何度も願っていたら、数年越しに思いがけず願いが叶《かな》った。

壱の父親の急な転勤が決まったのだ。単身赴任《ふにん》という選択肢《し》もあったが、今、家族四人が住む借上住宅が全額負担になることや、地方転勤で勤務地手当が減額となるため、経済的に厳しいという判断で、一家は引っ越しすることになった。

けれど小学生の弟・弐《そえる》はともかく、高校三年も中盤《ちゅうばん》を過ぎて今更転校と言われても、壱も非常に困る。

とはいえ、父の心配もわからなくはない。大学生になれば一人暮らしをする者も多いとはいえ、現時点で高校生である壱に一人暮らしをさせるのは心配だと、父は下宿先を探してくれていた。そして、先日「話がまとまった」と持ってきたのが霧島家への居候《いそうろう》の話だったのだ。

まさかそんなところで初恋の男性の名前を訊《き》くとは思わず、壱は無表情のままひどく驚いた。しかもあちらも両親が転勤しており、今は息子である駈流が一軒家に一人暮らしをしている、部屋が余っているからどうか、という話だったそうだ。

それでついに明日から、世話になることになった。

同居話が持ち上がってから今まで、駈流と壱は顔を合わせていない。本来ならば同居前に挨《あい》拶《さつ》を済ませたほうがいいのではと思うのだが、それは駈流側の都合がつかなかったのだ。父曰《いわ》く、非常に仕事が忙しい時期らしい。久し振りに話が出来ると期待していたのに、親同士で話をつけて終わり、という流れでがっかりした。

すぐに会えるというのに、どきどきして、いてもたってもいられなくて、壱はフライングで駈流に会いに来てしまったのだ。

話は通っているだろうが、覚えていてくれているだろうか。壱の顔を、壱のことを。

――……どこ行くんだ？

駅で同僚と別れた彼は、彼の自宅最寄り駅を通らない路線のホームへと向かって行った。ICカードを使って改札を抜け、彼が乗り込んだ車両に自分も乗る。

金曜日だし、社会人なのだから飲みにでも行くのかもしれない。とはいえ、ここまで来て大人しく帰る気もしない。やっぱり制服で来なくて正解だったかもしれないと、考えを改めた。

目的地に着いた駈流が電車から降りるのを見届けてから、壱も後を追う。

長めの距離を取りながら後をつけると、駈流が入ったのはオシャレなカフェだった。ログハウス風の店構えは、いかにも飲み屋という様子ではなく、多少入りやすそうでほっとする。

駈流は、客や店員と顔見知りなのか、それぞれに声をかけあっていた。そんな気安さを少し羨《うらや》ましく思いながら、時間差で壱も店に近付く。丁度《ちょうど》、テラス席に出ていた店員が壱に気付き、にっこりと笑いかけてきた。

「いらっしゃいませ。お一人ですか?」

「あ……はい」

ではこちらへどうぞ、と促《うなが》されて店内に通される。案内されたのは、二人掛けのソファ席だった。テーブルを挟《はさ》んで対面に椅子はなく、所謂《いわゆる》カップルシートのような感じだ。

金曜の夜とはいえ、まだ席に余裕があるので、広めのところに座らせてくれたのかもしれない。感じのいい店だな、と思いながら、メニューを開く。有《あ》り難《がた》いことに、価格設定もそれほど高めではなかった。

アイスティーを注文し、メニューを眺《なが》める振りをしながら、先に入店した駈流を見やる。彼は、友人と思われる人物とカウンターのところで会話をしていた。

――本物。

今まで、写真でばかり見ていた駈流が、動いて、話して、笑っている。それだけで、心が浮き立った。

凝視《ぎょうし》しすぎたせいか、不意にこちらを振り返る気配を見せる。

壱は慌てて、メニューに視線を落とした。

――ていうか、勢いに任せてここまで来たけど……どうするつもりなんだろ、俺。

ただ、もっと彼を見ていたくてここまで来てしまった。話しかける勇気なんて、勿論ない。今がもしかしたら話しかけるチャンスだったかもしれないのに、目を逸《そ》らしてしまった。だがそれはそれでいいか、と顔を隠すように上げていたメニューを目の下まで下げる。

メニューを見るふりをしながら、また駈流のほうへ目を向けた。彼の視線は再び向かいに立つ男に戻っており、ほっとしたが、がっかりもしている。

――この店、よく来るのかな。

待ち合わせでもしていたのか、親しげに話す相手が羨ましい。

じっと見つめていると、また、駈流が顔をこちらに向ける。目が合う、やばい、と思った瞬間に、まるで視線を遮《さえぎ》るように店員が現れた。

「お待たせしました。アイスティーでございます」

「……ども」

助かった、と胸を撫《な》で下《お》ろしながら会釈《えしゃく》する。クラッシュアイスが沢山入った大きなグラスを手に取り、ストローに口を付ける。普段ファストフード店などで飲む馴染みのアイスティーよりも、すっきりとした味だ。

何時間も外で待っていたせいか、無自覚だったが喉が渇《かわ》いていたらしい。一気に半分ほど飲み干したのと同時に、隣に誰かが座る気配がした。

え、と顔を上げると、先程までカウンターの前に立っていたはずの駈流が、カップを手ににこやかに座っていた。

——え……え?

驚きのあまり硬直している壱に、駈流が「こんばんは」と笑う。

まさか相手のほうから近付いてきてくれるとは思わず、激しく混乱する。

「……こ、んばんは」

——覚えてて、くれたのか?

じっと見つめる壱に、駈流が目を細める。改めて近くで見た駈流は、子供の頃に会ったときよりも、ずっと大人の男になっていた。

別にストーカーではなくて、怪しい者でもなくて、俺のこと覚えてますか、昔遊んでもらった壱です、明日からお世話になる壱です、と頭の中で言いたいことが渋滞を起こして、声にならない。

明日、父親と挨拶しに行く予定だけれど、ただ先に一人で挨拶しようと思ってたら声をかけそびれて、というような言い訳を口にするより早く、駈流が口を開いた。

「どうしたの？　今日、一人で来たの？」

「……」

問いに、こくりと頷く。駈流は「そう」と言いながらメニューを開いた。

父親と揃《そろ》って来るはずの壱が単独で顔を見せたら、それはびっくりするだろう。一人でこんなところまでやってきてしまったのは自分が我慢出来ずに先走ったからだったが、正直に申告するのも恥ずかしくて憚《はばか》られた。

「なにか食べる？」

今日は外で食べると母には言ってきたが、緊張で食べられる気がしない。無言で首を振った。

「ここの料理、うまいよね」

同意を求められても、今日ここに来るのが初めてなのでわからない。ストローに口を付けたまま曖昧《あいまい》に首を傾げると、駈流は苦笑した。

「もしかして、急いでる？　この後用事ある？」

駈流について来ただけなので、用事などもとよりない。

「別に」

「……そっか。うん、じゃあ今日はありがとう」

締めの科白《セリフ》のようなものを口にして、駈流が立ち上がった。壱は目を瞠《みは》ってしまう。うまく会話が出来なかったので、呆《あき》れられたのだろうか。素《そ》っ気《け》ない態度を取りたかったわけではなく、ただ緊張してしまったのだ。

けれど、彼には感じが悪く映《うつ》ったかもしれない。

咄嗟に手を伸ばし、彼のシャツを摑む。服を引っ張られた彼は、少し驚いたようにこちらを振り返った。

——違う。誤解。俺は、ただ。

ただ挨拶に来たわけじゃない。あなたに会いたくて来ただけなんだ。

じっと見上げていると、駈流は二、三度目を瞬《しばた》かせ、それから身を屈《かが》めた。耳元に彼の唇が寄せられて、思わず息を飲む。

同じ男なのに、やけに色っぽい匂いがした。大人と子供の違いだろうか。眩暈《めまい》がしそうだ。

「出ようか」

「……ん」

アイスティーを飲み干して、席を立つ。会計をしようとしたら、一足早く彼に奢《おご》られてしまった。

「あの、お金」

「それくらいいいから。ほら、行くよ」

手を握られて、心臓が大きく跳ねた。

子供扱《あつか》いだろうか、と思う反面、自分が子供の頃、こうして手を繋《つな》いでもらうことはなかったと思い返す。照れ臭《くさ》かったのと、自分より小さな子供が、先に彼の腕にしがみついていたからだ。

それがすごく羨ましかった。

懐いていたから、というだけではない。自分は、そのときにはきっともう彼のことを恋愛対象として見ていたからだ。

彼の手にやっと触れることが出来て、壱は目を細める。勇気を振り絞《しぼ》って握り返すと、彼が不意に歩みを緩めた。そして、ぐっと肩を寄せて距離を縮めてくる。顔がさっきのように近くなって、鼓動《こどう》が早まった。

「あの、どうし……」

彼の顔が近付き、唇が塞《ふさ》がれる。

キスされてる、そう自覚するのと同時に足が止まった。彼もタイミングよく歩みを止め、腰を抱き寄せて来た。

角度を変えてキスをされ、頭が真っ白になる。状況が飲み込めないままでいる壱の唇を、駈流の舌が優しく開かせた。

「ん……っ」

キスすら初めてなのに、いきなり舌まで入れるなんてハードルが高すぎる。それでも拒《こば》むことなどできず、鼻から抜ける声が情けなく上擦《うわず》り、恥ずかしさに泣きそうになった。

無意識に、彼の胸元に置いていてしまっていた手を握る。

「……っ、は」

ようよう唇が離れ、壱はいつの間にか閉じていた目を開いた。至近距離に、駈流の整った容《よう》貌《ぼう》があり、けれど自分と違って余裕のある落ち着いた様子に、いたたまれなくなって目を逸らす。初めてのキスをされ、緊張でがちがちになってしまい、恥ずかしかった。

――なんで、キスなんて……。

自分が、よほど物欲しそうな目で見ていたのかもしれない。

長年蓄積していた恋心を抑えつけ、平常心を保つには経験値が低すぎるに違いなかった。

――でも、それがわかってて手を出した、ってことは。

これから同居する相手だというのに、キスをしてくれたのは、壱の気持ちを汲《く》んで応《こた》えてくれた、と思ってよいのだろうか。

そんな期待をしながら瞬きをすると、そっと頬を撫《な》でられた。優しい掌《てのひら》に、目を閉じてしまう。そして、彼は今度は唇にではなく、頬に優しくキスをしてくれた。

「ねえ」

「……ん？」

柔らかな声音に、瞼《まぶた》を開く。

「――きみ、名前はなんていうの?」

ふわふわと浮き立った壱の気分を、けれど駈流は瞬時に地面に叩きつけた。

あまりの衝撃に、息が止まる。大きく目を瞠り、壱は駈流の顔を凝視《ぎょうし》した。

――は?

壱の答えを待つ駈流は、変わらぬ笑顔で首を傾げる。

名前を訊《き》かれた。――すなわち、駈流は、壱を知らない。なにも、知らなかったのだ。

茫然《ぼうぜん》としながら、壱は駈流の胸を押し返した。

「え、ちょっと」

そして、無言のまま、彼の横を抜け駅に向かって歩みを進める。駈流は、追ってこなかった。

もしかしたら途中で追いかけて来てくれたかもしれないが、気が付いたら壱は全力疾走《しっそう》していたのでわからない。息を切らしながら駅の改札を抜け、ホームへの階段を駆け上がる。

胸を喘《あえ》がせながら、壱はたどりついたホームでしゃがみ込み口元を押さえた。

――勘違い、だった。

よく考えたら、色々変だった。こちらのことを覚えてくれていただけでなく、自分の長年の片想いを察した上で、気持ちに応えてくれたなんて、そう都合のいい話があるわけがない。そんなことも判断出来ないほど、舞い上がっていたのだ。

かといって、いきなりキスをされた理由はよくわからなかったが、それでも壱が勘違いしていたことには間違いがない。

――でも、だって、駈流さん、初対面じゃない感じだったから……。

膝の上に顔を埋《うず》め、深く深く、息を吐く。

初対面の人間相手にあのテンションで話しかけるような人物は、自分の交友関係にはいなかったし、自分ももう少しちゃんと会話をしてみればよかったのだ。

でも、おかしなところはあったのに、自分は完全に浮かれていて、判断を見誤っていたと、今ならばわかる。本当に本当に、浮かれていた。

浮かれて、とんでもないことになった。

――どうすんだよ、明日から……。

明日から、彼と毎日顔を合わせないといけないのに、気まずいとしか言いようがない。

ほんの一時間前でいいから時間を巻き戻したい。そう念じてみたが、時が遡《さかのぼ》ることはなく、三分後に電車がやってきた。

■

「また、景気の悪いツラしてんなぁ」

土曜日だというのに仕事の話をしにわざわざ自宅までやって来た友人の赤坂《あかさか》が、にやにやと笑っている。霧島駈流《きりしまかける》は、ダイニングテーブルに並べられた立案書をまとめ、封筒に突っ込んだ。

「……ほっといてくれ」

「聞いたぞ。盛大にナンパに失敗したんだって？　めっずらしい。滅多《めった》に自分から声かけないのに、ナンパしたのも珍しけりゃ、初手で振られるなんてますます珍しい」

「……うるさい」

改めて落ち込んでいる原因を論《あげつら》われ、もはや仕事の話を続けるテンションではないと、駈流は席を立った。対面式のキッチンに向かい、鍋《なべ》の蓋《ふた》を開ける。昨晩から仕込んでいたビーフシチューを底から掻《か》き混ぜ、再び蓋をした。

いつの間にか背後に回り込んでいた赤坂が「わー」と声を上げる。

「すげえ。なんかいい匂いすると思った」

駈流は赤坂の横を抜け、キッチンの隅に置いておいた密閉容器を開けた。

「それは？　なにしてんの？」

「パンだよ。白パン」

容器の中では、発酵《はっこう》して膨《ふく》らんだ白い塊《かたまり》が出来上がっていた。

「パンまで手作りすんの、霧島」

「たまにね。結構面白《おもしろ》いよ」

特に、いかんともしがたい気持ちが蟠《わだかま》っているときに、料理は最適だ。無心になれる。とにかくひたすらなにかの作業に没頭《ぼっとう》したいときは、パンを作るのがいい。今日の晩はメインが洋食なので、献立的《こんだててき》に都合もよかった。

料理には愛情を込めたほうがいいのだろうけれど、ストレスや鬱憤《うっぷん》、不安などを発散させるツールにすることのほうが、駈流は多いかもしれない。

小さく丸く成形し、中央に割れない程度に深い溝を入れる。焼くと膨《ふ》らんで、丁度半分にちぎりやすい形になるのだ。

今度はひたすらに形作ったパンを天板の上に並べていく。気が付くと、いつの間にか赤坂がキッチンのカウンターに座って手元を覗き込んでいた。

頬杖《ほおづえ》を突きながら、「それで？」と首を傾げる。

なにが、と返すまでもなく、駈流のナンパの失敗について訊いているであろうことはわかっていた。眉《まゆ》を寄せてみるも、赤坂が待ちの姿勢でいるので、駈流は躊躇《ちゅうちょ》しながらも口を開いた。

「……見た目は、物凄《ものすご》く好みだったんだ」

最近、よく行くようになったのは、所謂《いわゆる》「出会い」に使われることが多いカフェだ。見た目はごくごく普通で、カフェタイムに行くと近隣のオフィス勤めのサラリーマンやOL、学生なども多く訪れるらしい。バータイムはフードや酒も充実しており、オシャレな雰囲気《ふんいき》が十二分にあるので、レストランのレビューサイトなどで高評価を得てもいる。

そこに、とんでもなく好みの青年がいたのだ。

一人で来たらしく、物慣れない様子できょろきょろしていて、綺麗で落ち着いた見た目の割に放っておけない雰囲気に堪《たま》らなく惹《ひ》かれて、思わず声をかけてしまった。それに、気のせいでなければ相手も駈流を気にしていたようで、ちらちらと向けられる視線を感じていたのだ。

ぼそぼそとそんな説明をしながら、駈流は木製の器にミックスナッツを出し、赤坂の目の前に置く。赤坂はアーモンドを摘《つま》んで、前歯で噛んだ。

「ナンパ待ちっていうか、初めてそういうとこ来たのかね。俺もそういうときあったな～」

しみじみと回顧する赤坂に、駈流は頷く。

「多分そう。寡黙《かもく》な感じの子で、あんまり前のめりにならないように喋《しゃべ》ったつもりだったけど、ちょっと警戒してるっぽかったから……今日は無理かなと思って離れようとしたら服とか握られちゃって」

「おやまあ」

「可愛《かわい》かった……」

話しかけてみたら慣れぬ感じがありありとして、あまりグイグイ行ってもな、と引いた。けれどシャツを引っ張られて振り返ると、不安げな顔をした彼がいて、ぐらりと来たのだ。

それで、すぐに二人きりになろうと提案したら素直についてくるもので、珍しく駈流は浮かれた。

好みのタイプだし、誘いにも乗ってきたし、すごくいい感じの雰囲気だ、と思っていたのだ。そのときは。

「で、すごく可愛いなと思ってキスして」

「そこで『いきなりなにすんだ！』とかってビンタでもされたわけ？　慣れない感じの子だったんだろ」

「……うん、まあ確かに慣れてない感じだったけど、一生懸命応えてくれたよ」

薄い、柔らかな唇は、微かに震えていた。緊張していたのだろうし、途中からは力んでいたのかもしれない。けれど、彼はキスを拒まなかった。

「――それなのに、逃げられた」

「……お前、そんないかにも慣れてない、ってタイプにいきなりホテルに行こうとか言ったんじゃ」

「言ってないよ！」

捏《こ》ねていたパン生地がぶにゅっと音を立てて潰《つぶ》れる。慌ててそれを成形しなおし、息を吐いた。

「……俺は基本、ワンナイトはしない主義なんだ」

「あー、そうだったね。モテるくせに。いや、モテるからか？」

「でも、そういう感じに思われたのかもしれない……」

カシューナッツを口に放りながら、赤坂が「でもさあ」と声を上げる。

「普通はそういうもんじゃん。出会いの場って男女だろうがゲイだろうが、そういうところあるだろ」

「でも俺はしないっ」

とはいえ、路上でいきなりキスをしたのだから、「軽い」と思われても致《いた》しかたない。ちゃんと言い訳すればよかった、と昨晩から後悔しきりだ。

「……なのに、逃げられるなんて」

「っかー。やだねえ、声かけた相手に逃げられたくらいで、ようそこまで落ち込めるわ。今までそういう経験がないモテ男はこんくらいでへこんでしまうのね、やだやだ」

へっ、と馬鹿にしたように笑う赤坂を、駈流は睨《にら》みつけた。けれど尖《とが》った気持ちは継続せず、気分が落ちていく。

パン生地を捏ねくりまわしながらどんよりと淀《よど》んだ空気を纏《まと》い始《はじ》める駈流に、赤坂がフォローを入れた。

「逆もありえるんじゃないか？」

「逆って？」

「手軽に遊ぼうと思ったら、駈流が重そうなタイプだったから引いたとか」

「あの子はそんなタイプじゃない」

「そんなのお前の希望的観測じゃねーか」

確かに実際のところはどうかわからないが、それでも彼は手軽に遊びたいというようなタイプとは違う、と駈流は重ねて否定した。遊ぶつもりだったら、あんな不安げな態度を取ったりしないと思うのだ。

「人は見かけによらないって言うし。お前も含めてさ」

「……なんだよそれ」

オーブンシートを敷いた天板に並べたパンを二次発酵《はっこう》させるため、生地に触れないよう袋をかぶせる。タイマーをかけてから、空になった赤坂のカップにコーヒーのおかわりを注いだ。

その流れを眺めていた赤坂が苦笑する。

「お前、外見はスタイリッシュモテ男なのに、中身はおさんどん大好きオカンだもんな」

「オカンじゃない！」

「まあ、オカンにしてはスタイリッシュだけど」

「そういうことじゃない、そもそもオカンじゃないよ俺は！」

不本意だと叫ぶものの、友人たちや、元恋人たちにも言われることなので、自覚の有無はともかくとして、そういう風に見られているのは確かだ。

ちょっと料理が好きで、ちょっと部屋を綺麗にするのが好きで、ちょっとＤＩＹが好きなだけなのに、心外である。

実際、「恋人っていうよりお母さんみたいだね」と皮肉を言われて振られたことが一度や二度ではないので、大っぴらには言わないが「オカン」は少々傷つくワードだった。

「男の一人暮らしだってのに、綺麗にしてるどころか、それ通り越していつ来てもモデルルームみたいだもんな、お前の家」

「こまめに掃除してるし、こんなもんだろ」

「その認識は間違ってる。さっき『オカンにしてはスタイリッシュ』って言ったけど、生活感がないんだよな」

「それ、多分一軒家のせいだと思う」

「その理屈はおかしい」

瞬時に切り返されて、駈流は憮然《ぶぜん》とする。

一軒家だから、賃貸より収納が多いのだ。そして、その面積も広い。だから物が少なく見えて、赤坂の言う「モデルルーム」っぽさに一役買っている。

「それに、今は俺一人だから物も甚《はなは》だしく増えることはないし」

元々は家族四人で住んでいた家だったが、姉は二年前嫁《よめ》に行き、両親も駈流が大学四年生のときに、他県へ転勤してしまって今は夫婦水入らずで社宅暮らしをしている。家の中は好きにしていいと言われているし、たまにこの家に帰ってくると駈流に感化されて整理整頓や物の処分を始めるので、ますます家の中が片付いていく。

「でも見えないところは割と所帯じみてるよ」

趣味のＤＩＹを活《い》かし、見せない収納になっているだけだ。

使った調理器具を洗って、アイデア収納満載の戸棚にしまいながら駈流は夕食の下ごしらえをし始める。

仕事の話を交えつつ、引き続き雑談しながら手を動かしていると、赤坂が「ねえ母ちゃん」と口を開いた。

「今日の晩飯なに」

「母ちゃんって呼ばないでくれるかな。……今日はビーフシチューとパン。生ハム・トマト・モッツァレラ・ベビーリーフのサラダ。それからグリーンアスパラとパプリカのアンチョビソテーに、ダッチェスポテトとカウサ・デ・アトゥン・イ・パルタ」

「待って。途中からなんなのかわかんない」

ダッチェスポテトは、マッシュポテトを絞り袋に入れて絞り出し、焼いた料理のことだ。カウサ・デ・アトゥン・イ・パルタも同じくマッシュポテトを使う。セルクルを使って、マッシュポテト、ツナマヨのフィリング、マッシュポテト、と交互に重ねて作る、押し寿司のようなサラダである。

芋《いも》料理がかぶるし、炭水化物が多めなのが少々引っかかるところではあるんだけど、と言ったら何故《なぜ》か「なんかムカつく」と言われた。ムカつかれても困る。

セルクルもわからん、と言われたので実物を見せたら「でっけえ型抜きって言え。ムカつく」と再度ムカつかれた。

「ていうか、一人飯でそんなに品数用意すんの？　すごすぎない？　俺とか友達が遊びに来たときは物凄《ものすご》い一杯料理してくれっけど……いつもこうなの？」

「や、今日は人が来るんだよ」

いくらなんでも、自分一人の食事でここまで大量に料理を作ったりはしない。

「客？　何時ごろ来るんだ？　俺その前にお暇《いとま》するけど」

席を立った友人を、駈流は大丈夫と押し止める。

「それこそ夕飯時だから。それに、客っていうか、同居人……になる相手だから」

「同居人？」

鸚鵡《おうむ》返しに問われ、駈流は頷いた。二次発酵が終わったパンから袋を外し、茶濾《ちゃこ》しで上新粉《じょうしんこ》を振りかけ、オーブンに入れる。

「……父さんの友達の子を、預かるんだって」

「はあ?」

俺も「はあ?」って思った、と笑いながら、駈流はオーブンのスイッチを入れた。

駈流の父は、存外適当な人間で、久し振りに電話をしてきたと思ったら、元気かの一言もなく「友人の息子を預かることになった」と告げた。

——はあ。好きにしたら。

転勤先の静岡で、子供も独立したというのにまた子育てかと、我が親ながら酔狂《すいきょう》な話だと思っていたら、予想外の科白が返ってきた。

——ああ、もうOKとは言ってあるんだ。じゃあ、そういうことでよろしくな。

——はあ?

聞き捨てならない返しに思わず大きな声が出た。

——「よろしく」ってなに? 預かるって、父さんがそっちで、じゃないの。

——なんでこっちで預かるんだ。うちで預かるんだよ。そっちの一軒家で。

当然だろと言わんばかりの口調に、開いた口が塞《ふさ》がらなかった。苦心して口を閉じ、なんでだよと噛みつけば、しょうがないだろと吠《ほ》えられた。

——松澤《まつざわ》の赴任《ふにん》が決まったのが急だったんだよ。それで、子供のほうが学校変わるの嫌って言うから。子供同士なら気を遣《つか》わないだろ。

もう「子供」という年ではない自分と、実年齢も「子供」であろう相手が、そんな砕《くだ》けた関係になるとも思えない。

先方の名は松澤というらしいが、駈流の記憶には殆ど残っていない。確かに中学生くらいまで、父の友人たちとその子供たちとキャンプや海水浴などに行くこともあったが、自分が一番年長で周囲が小さい子供ばかりだったので、いちいち全員の顔と名前など覚えていない。特に懐いてきてくれたり、面倒を見たりした子は朧《おぼろ》げに覚えているが、それ以外はさっぱりだ。

——覚えてないか、ほら、昔一緒にキャンプ行ったろ。

——あー……?

——ええと、ほら。お前が中学生くらいのとき、宮城のさ、島に行ったことあるだろ。牡蠣《かき》焼いて食ったり。あのときにいた子だよ。ちっちゃい……。

——あー……。

そのときは他に二、三家族がいるくらいで、いつもより人数が少なかった。

記憶は曖昧《あいまい》だが、二歳くらいの小さな子がいたような気もする。十年ほど前なので、今はまだ小学生くらいだろうか。

――でも、俺だって仕事あるから、そんなに面倒見られないぞ。

――大丈夫だろ。それくらい。


いい加減な父親の返答にげんなりする。だが小学校高学年ともなれば、一人で留守番くらいは出来るだろう。あとは他人の家で大暴れするようなタイプではないことを願いつつ、渋々引き受けたのだった。


「お前の父ちゃん無茶苦茶だな」

「本当だよ。もうOK出しちゃったっていうなら、俺が嫌でも断れないしさー……」

横暴さに腹を立てたものの、相手方に罪《つみ》はない。

「なんで単身赴任しないんだ」

「それは俺も聞いた。子供の希望もあるけど、会社の規定で、単身赴任の場合は借上住宅の家賃も会社が負担してくれないんだって。それで、うちの父さんが、下宿先に名乗りを上げたっていう……」

連絡を受けてから、一部屋を完全に空《から》にして、ばっちり掃除もし終えている。ベッドや机、その他私物は明日届くというので、ひとまず蒲団《ふとん》を一組だけ用意させてもらった。勿論天日に干してふかふかにしてある。

迎え入れるだけの状態だと告げれば、赤坂は苦笑した。

「小学生かー……まあ、頑張れよ。母ちゃんならきっとやれる」

「母ちゃんじゃない」

こちらよりも相手の子のほうが心細いだろうし大変だろうとは思う。慣れてくれるといいんだけど、と願いつつ、駈流は包丁を握った。


料理の下ごしらえを全て済ませた後は、リビングに戻って再度仕事の話をした。

駈流と赤坂はともに都内の玩具メーカーに勤務しており、新商品について昨年度から話を詰めていた。丁度同居話が持ち上がった頃に多忙を極めていた企画であったが、今はようやく落ち着いて来ている。それでもまだ就業時間内に終えられないことも多く、こうして赤坂を呼んで仕事の話をすることがままあった。

同居人が来るまでには片付けておきたかったが、と思いながら、書類を広げて話している間に時間は過ぎ、部屋の中も暗くなってくる。

電気を点《つ》けると、赤坂が「あ」と声を上げた。

「やばい、結構時間経《た》ってたな。そろそろ来るんじゃね？」

「あー……うん、そろそろかも」

「じゃあ、俺お暇するわ。丁度きりのいいところだったし」

そう言いながら、赤坂は書類を纏め始める。

同じタイミングで、外に車の停まる気配がした。噂《うわさ》をすれば、と赤坂が言って数秒後、玄関のチャイムが鳴る。

はいはーい、と返しながら、駈流は玄関に向かった。

「――こんばんは」

ドアを開けると、立っていたのは父と同年代の男性だった。松澤です、と会釈《えしゃく》した彼に合わせて自分も頭を下げる。

こんばんはと返しかけ、その隣に立っていた人物に駈流は息を飲んだ。

「君……」

――昨晩の。

そう言いかけて、どうにか口を噤《つぐ》む。

彼はちらりとこちらを見やり、まるで興味ないといった風に無表情のまま視線を逸らした。

――なんでここに⁉

昨晩、ナンパして、キスして、即座に振られた相手だ。それで今日一日落ち込んでいた駈流は、思わぬ再会に、その場に立ち尽くしてしまう。

黙り込んだままの駈流をどう思ったのか、父の友人の松澤が、傍《かたわ》らの彼の肩を叩いた。

「ほら、挨拶しなさい」

「……こんばんは」

ぼそぼそと不機嫌そうに告げられた声に、やはり昨日の彼だと確信する。

松澤は「そうじゃないだろ」と叱責《しっせき》した。

「すまないね、挨拶も碌《ろく》に出来ない息子で。今日から世話になる松澤壱《はじめ》と言います。よろしくお願いします」

「……どうも。よろしく」

にっこりと笑みを浮かべながら、駈流は内心激しく動揺していた。平静を装ってはいるものの、頭の中は大混乱である。

──えええ……!? これで小学生!? 嘘だろ!?

いくらなんでも発育が良すぎる。駈流より目線はだいぶ下にあるが、それでも一七〇センチはあるだろう。けれど身長だけの問題ではない。

彼にはうっすら滲《にじ》むような色気があるのだ。少年と青年の丁度狭間《はざま》にあるような、危ういバランスの色香に、恐らく昨夜の自分は惹《ひ》かれたのだろうと思う。

──ああでも最後までしなくてよかった。淫行《いんこう》だ。淫行。

平静を装いながらも、服の下に冷や汗をかいて、それでも笑顔を崩さずに駈流は二人を招き入れた。

「玄関先で立ち話もなんですから、どうぞ」

「おお、ありがとう。お邪魔します」

父親の後について、壱も中に足を踏み入れる。そこで彼の持っているスクールバッグに「高等学校」と学校名が印字されているのを見て、胸を撫で下ろした。

――高校⁉　だよね、いくらなんでも小学生なわけなかった！　よかったー！

けれど未成年なことに変わりはないわけで、笑顔を張り付けたままひっそりといたたまれない気持ちに襲われる。

――……よくないよ。キスしちゃったよ俺の馬鹿……。

あああ、と顔を押さえて蹲《うずくま》りたい気持ちを抑え、後ろ手にドアを閉める。

駈流の気持ちを知ってか知らずか、壱は相変わらずしれっとした表情で、父親の後ろについていた。

「――悪かったね、引っ越し当日に挨拶に来ることになってしまって」

「いえ、それは俺の都合に合わせて頂《いただ》いたので。気にしないでください」

本来は、現在家をあずかっている駈流と話をさせて欲しいという申し出があったのだが、忙しくて時間が取れないので、親同士で話し合いを進めて欲しいと提案したのは駈流だった。松澤と話すのも中学生の頃以来だ。

そのせいで出会い頭《がしら》から齟齬《そご》が生まれているわけで、もう少しちゃんとすればよかったと今更後悔する。

「俺も今日来客があって……ちょっとバッティングしちゃって申し訳ないんですけど。あ、リビングこっちです」

案内すると、帰り支度《じたく》を終えた赤坂が、丁度帰るところだった。どうも、と松澤に会釈をして、それからすれ違いざま壱の存在に気付いてじっと見つめる。不躾《ぶしつけ》に眺める赤坂に、壱は微かに眉を寄せた。

「――あれっ？　小学生じゃないじゃん」

――赤坂ーっ！

赤坂の言葉に、壱の猫のような目が瞠られる。それから、じろりとこちらを睨んできた。駈流の父親の伝達能力の低さもあるが、きちんと突き詰めて話を聞かなかった自分も悪いのはわかっている。だが何故、このタイミングで赤坂は声を上げたのか。

きりきりと眦《まなじり》を吊《つ》り上《あ》げる壱に愛想笑いを浮かべて、駈流は慌てて赤坂の背中を押して玄関まで追いやった。

「お前っ、余計なこと言うなよ！」

小声で責めれば、赤坂は悪びれることなく肩を竦《すく》める。

「だって、小学生が来るって言ってたからつい」

気持ちはわかるが、折角玄関先で堪えた自分の立つ瀬がない。誰だって、「お前じゃないと思っていたのに」と言われたら、嫌な気分になるだろう。

そんな風に責めた駈流に、赤坂は「細かいこと気にすんなよ。今からそんなに気を遣いすぎてどうするんだよ」と能天気に笑った。

「……じゃ、とりあえず俺帰るから」

「……おう」

一人にしないでくれ、と訴《うった》えそうになりつつ口を噤む。けれど、表情から言いたいことを察したのであろう赤坂は、ぷっと吹き出した。そして、声を潜《ひそ》めたまま耳元に顔を近付けてくる。

「情けない顔すんなよ」

「……してねえよ」

「ま、頑張れよ。今度は一緒に飲みに行こうや」

ナンパ失敗のリベンジをしよう、という意味を含んだ言葉に、もはやそんな気になれないまま苦笑する。

「じゃあな。また来週」

駈流の肩を叩いて、赤坂は手を振りながら陽気に出て行った。

はあ、と息を吐いて振り返る。壱がリビングの入り口から顔を出していて、駈流はびくっと身を竦めた。

「あ――」

なにも思いつかないまま声をかけようとすると、彼はさっと逃げるように身を隠してしまった。赤坂との話を聞いていたわけではないだろうが、少々の気まずさを抱《かか》えつつリビングへ戻る。

「すみません、席を外してしまって――」

立って待っていたらしい松澤親子に謝りながら、ソファを勧める。父親は座ったが、息子は無言で、掃《は》き出《だ》し窓のほうに立ったままだ。カーテンが開けっぱなしだったので、窓の外を眺める彼の顔が映《うつ》っている。やはり、綺麗な顔をしているが、無表情だ。

「ええと、お二人ともご飯は……？」

「いや、まだなんだ。一応、今日が初めてだし、挨拶代わりに外食に誘おうかと思っていたんだが……」

しまった、と駈流は片眉を顰《ひそ》めた。

松澤家からは下宿代として幾《いく》らかもらうことにはなっているものの、挨拶の後には食事会にということは十分ありえた。失敗したなと思いながらも、駈流は首を傾げて手を合わせる。

「あー……そっか、そうですよね。すみません、俺、飯の用意しちゃったんですよ」

「あ、そうなのかい？」

「よかったら、おじさんも食べて行ってくれませんか？　沢山作っちゃったんです。さあ二人とも、コート脱いで脱いで」

遠慮《えんりょ》する松澤と壱に上着をコートハンガーにかけるように促《うなが》し、ダイニングテーブルに招く。

上着を脱いだ壱が高校の制服姿で、駈流は改めて未成年なのだと思い知り動揺するも、おくびにも出さずに笑顔を作った。

「今来たばっかりでまた外に、っていうのも落ち着かないでしょう？　食べて行ってもらえると俺も助かります。すぐ用意出来るので」

準備しておいたカトラリー類を素早くテーブルにセッティングし、焼いたパンと、既に盛り付けを完了させていた料理、メインのビーフシチューを並べる。

帰りもタクシーだと言うので、松澤には赤ワインを出した。息子のほうには冷たい麦茶を出す。

有言実行で、あっという間に用意した駈流に、松澤は感心していた。

「すごい。まさかこれ、自分で作ったの？」

「ええ」

ほー、と感嘆の声を上げる父親と反比例して、相変わらず息子のほうはテンションが低い。ただ無言で、皿を眺めている。

「パンもおかわりがあるので、沢山食べてください」

パンの盛られたバスケットをテーブルの中央に置いたら、親子揃《そろ》って目を丸くした。こうしてみると、案外目元は似ている。

駈流も松澤の対面の席に着き、「じゃあ飯にしましょうか」と声をかけ、手を合わせる。並んだ松澤親子が「いただきます」と声を上げた。

食べ始めるなり、松澤はすぐに「うまい」と言ってくれた。そう言ってもらえると、やはり嬉しい。

壱のほうはといえば、父親のように率直に言葉にはしなかったものの、食べる様子が雄弁にそれを物語っていた。表情自体はさほど変わらないが、目がきらきらして、頬がほんのり染まっている。綺麗で大人びた容貌が年相応に見えて、こっそり和《なご》んでしまった。

そして壱は、一口が大きく、とても綺麗に食べてくれる。男子高校生っていつでも腹を空《す》かせてるんだなぁ、と感心しながら嬉しくなった。

「いやぁ、すごいね。上手《じょうず》だし、うまい。プロみたいだ」

「とんでもない。でもありがとうございます。趣味なんですよ。手をかけて料理するっていうのが」

お陰《かげ》で、やけに食費が高くなるのが困りものだ。

「モテるだろう？　駈流くんの彼女は幸せだろうね」

ワインで滑《なめ》らかになった口で、非常に気まずい質問をされて引きつる。

普通といえば普通の軽口なのだが、昨晩キスしてしまった相手を前にしては辛《つら》い問いかけだ。しかも、その相手が質問者の息子ときている。

数十分ぶりに冷や汗が滲《にじ》んだ。

「いやー……？　残念ながら」

ちらりとうかがうと、壱は相変わらずこちらには目もくれずにスプーンを口に運んでいた。

「そうなんだ？　うちの息子もね、そういう素振《そぶ》りはないんだけど。もう高三なんだし彼女の一人や二人、ねえ？」

唐突に話のタネにされた壱は、睨むように父親を見やる。けれど当の松澤はどこ吹く風で、からからと笑った。

「あーそういえば、小学生が来ると思ってた？」

「あ……いや。すみません、父からは『松澤さんの子』としか聞いてなくて。それで、あのとき小さい子がいたなぁ、今頃小学生かなぁって。でも記憶違いだったみたいで」

「いや、合ってるといえば合ってる。それ、多分下の息子のことじゃないかな。今小学生で。そっちは私たちのほうに付いてくるんだ」

へえ、と相槌《あいづち》を打つのと同時に、かちんと金属と陶器のぶつかる甲高《かんだか》い音がした。目を向けると、壱がスプーンを落としたらしい。

彼は表情を変えないままスプーンを持ち直し、そのまま食事を続けた。

「壱もいたけど、覚えてないかぁ。あのとき、同年代の子も結構いたしな」

「下のお子さんのお名前はなんて言うんですか」

「『そえる』。難しいほうの漢数字で『弐』って書くんだけど」

指で空書する松澤に、駈流は頷く。

「へー。それでそえるって読むんですか」

「……長男に『壱《いち》』で次男に『弐《に》』とかいう適当な名前付けたくせに、難読にするから最悪」

ぼそりと呟いた壱に、松澤が「可愛くないことを言う」と口を曲げる。

それよりも、駈流は壱が初めて長文を喋ったことに驚いた。

「いい名前だろー？　いっちゃん」

「……テメーで付けた名前、あだ名で呼んでりゃ世話ねーよ」

「いっちゃんって呼ばれてるんだ？」

どうにか会話を繋ごうと微笑《ほほえ》みながら水を向けた駈流を、壱が睨《ね》めつけた。切れ長の瞳なので、結構な迫力がある。

思わず頬を引きつらせると、壱はぷいと横を向いた。

「──初見で、一発で呼んでもらえないから」

「お兄ちゃんのほうは難しいほうの漢数字の『壱』で『はじめ』なんだよ。そんなに特異な読み方でもないと思うんだけど、割と『いち』って読まれることも多くてね」

「あーなるほど」

あだ名的な側面もあるのだろうが、「一」ではなく「壱」という漢字だと、一瞬読みに迷うところかもしれない。

だが何故かそのあだ名を最初に付けて呼び始めたのは松澤夫婦、つまり壱の両親だそうだ。

「えーと、じゃあ俺もいっちゃんって呼ぼうかな？」

努めて明るく言ってみたら、また鋭い視線が飛んできた。お近付きの印というか、距離を縮めるためというか、ちょっと軽い気持ちで言ったのにそう睨まなくてもと苦笑する。けれど、じゃあやめておきますというより先に、壱は「好きにすれば」と呟いた。


食事をし終えた後、松澤はよろしくお願いしますと深々と頭を下げ、駈流の呼んだタクシーに乗ってホテルへと帰って行った。

息子である壱がへっちゃらな様子なのに、駈流は「二人きりにしないで……」と気まずさに縋《すが》りそうになったがそうはいかないので、平静を装って部屋へと案内した。

共有部分である浴室、トイレ、洗面所、それから嫁《とつ》いだ姉が使っていた南向きの部屋に通す。

荷物がない六畳の部屋に、蒲団が一組だけぽつんと置いてある。

「荷物はベッド含めて明日届くっていうから、今日はうちで用意した蒲団使ってね」

こくりと頷いて、壱がバッグを置く。先程部屋の説明をしていたときも、彼は「うん」とか「はい」という言葉を一言も発さなかった。

無口なのもあるだろうが、思春期の少年というのはそういうものだろうしと、特に指摘はしなかった。もしかしたら駈流と口を利《き》きたくないのかもしれない、という思いに駆られたせいでもある。

――……いきなりキスしたのは、まずかったかな。

今更悔やんでも仕方ないこととはいえ、非常に気まずい。まさか同居人になる相手だとは思わなかったのだ。それは壱もそうだろう。

胃が痛んできた気がして、駈流は腹を押さえる。

不意に壱がこちらを見るので、駈流は慌てて作り笑いを浮かべた。

「一応、同居にあたってルール説明。日々の炊事洗濯《すいじせんたく》については俺がやります。ただ、仕事で遅くなることもあるので、そういうときは悪いけど食事は用意してもらうことになるかも。自分の分だけね」

喋りだした駈流を、壱は頷きもせずじっと見ている。

顔はこちらに向いているので、話を聞いていないことはないだろうと、反応のない壱に駈流は話し続けることにした。

生活費については、まとめて預かっているので気にしなくていいこと、お小遣いは壱の口座に直接実親からの振り込みがあるので、うまくやりくりすること、学校行事の際は駈流が出向くこと。

「ここは今日から君の家でもあるので、さっきさらっと案内しただけの客間とか納戸《なんど》とか、そういうところも気兼ねなく使ってね。それから、お友達を呼んでもＯＫ。物凄《ものすご》く大人数になるときは一応相談してほしいけど」

「……そんなに友達いない」

ようやく返って来た反応に、つい嬉しくなって笑顔を作ってしまう。あまりに全力で笑ってしまったせいか、気まずげに顔を逸らされてしまった。失敗した。

「お友達は泊まりでも勿論いいからね。ご飯作る都合上、出来るだけ早く報告してほしいけど。それと――」

女の子を連れて来てもいいよ。

と軽口を叩きかけて口を噤む。

唐突に黙り込んだ駈流に、壱が怪訝《けげん》そうに顔を向けて来た。

彼女だろうが彼氏だろうが、連れてきても構わないのは事実だが、それを、昨晩キスした相手に言うのはとても微妙である。

無言で見つめる壱にどぎまぎしながら、駈流は「――なにか質問は？」と強引に話を切り替えた。

壱は一瞬なにか考えるような顔をして、大きな瞳をこちらへ向ける。凝視したり、その割にすぐ逸らしたり、というのは癖《くせ》なのだろうか。

むしろ、質問したいのはこちらのほうだった。

――昨夜はどうしてあんなところに。

脳裏を掠《かす》めた問いは、音になることはなかった。愚問《ぐもん》だ。

胸の奥に渦《うず》巻《ま》く感覚を押し込めるように、駈流は指先で己の唇を押さえる。そして、目を細めた。

数十秒の間を置いて、壱は「別に」と一言だけ呟く。探るような目をされた気がするものの、彼はまた、先程までと同じようにそっぽを向いてしまった。

「……じゃあ、これからどうぞよろしく。いっちゃん」

差し出した右手に、壱が一瞥《いちべつ》をくれる。

実は内心、やっぱりそのあだ名で呼ぶな、と言われるのではないか、手を払われるのではないかとドキドキしていたが、杞憂《きゆう》に終わった。

壱は無言のまま、駈流の手を軽く握った。そしてすぐに解き、くるりと背中を向けてしまう。しゃがみ込んで、スポーツバッグから教科書や参考書などを出し始めた。受験生だから、すぐ勉強をしたいのかもしれない。

――ドライだな。

彼は、なにも言わない。二人きりになっても昨晩のことに触れてこないというのは、つまり「なかったことにする」と、そういうことなのだろう。

キスだけとはいえ、年下の未成年、しかも今日から同居する相手に手を出してしまったことを駈流はひどく後ろめたく思っていたが、壱はまったく気にしていないようだ。

自分よりよっぽど大人だ、と感心しながら、「なにかあったら声をかけて」とだけ告げて彼の部屋を出た。

□□

パタン、と音を立ててドアが閉まるのを聞き、壱《はじめ》は手を止める。

ゆっくりと背後を振り返ると、もう駈流《かける》の姿はなかった。大きく息を吐いたのは、安堵《あんど》したからでもあり、落胆《らくたん》したからでもある。

——……なにも、言ってくれなかった。

参考書を部屋の隅に重ねて、壱はスポーツバッグから部屋着代わりのジャージを取り出した。もそもそと袖《そで》を通しながら、ぐっと眉を寄せる。

——やっぱり、大人なんだな。駈流さん。

昨日は、全然眠れなかった。

キスまでしてしまって、しかも壱にとってはファーストキスで、あれは重大事件だった。

自分が「松澤壱」であるということもわからないようだったけれど、今日会うのだから正体がばれてしまう。

どんな顔をして会ったらいいのか、なんと説明や言い訳をすればいいのかベッドの中でずっと考えて、けれど結局考えはまとまらないまま朝になった。

今更行きたくないなんて駄々を捏ねるわけにもいかず、夜になり、決死の思いで父親の後についてきたら、まるで初対面のような対応をされて愕然とした。

——……大人って、すげえ。全然知らん顔してやんの。

用意してあった蒲団をフローリングの床の上に敷き、そこに身を投げる。蒲団はふかふかで、シーツは洗い立ての匂いがした。

寝返りを打ち、枕に顔を埋める。

——なかったことにしよう、って……ことなんだろうな。

激しく動揺する壱と違い、駈流はにこやかに楽しげに会話していた。昨晩のことを引きずって、ちっともうまく話せない壱にも辛抱《しんぼう》強く。自分ならこんな不愛想なガキ相手にあそこまで鷹揚《おうよう》な態度はとれない。

そしてその様子はまるで、二人の間にはなにもなかった、とでも言いたげだった。

——ていうか、なに話したか全然覚えてねえ……。

辛《かろ》うじて、最後の約束事のくだりは頭に入っているが、途中なにを話したかさっぱりだ。緊張していたというのもあるし、なにより、ショックなことがあった。

——そんでもって、駈流さんは俺のことひとつも覚えてなかったんじゃねえかよ。

昨晩は、顔を覚えてくれていない、ということはわかった。

最後に会ったのは壱が小学生のときで、今は高校三年生だ。声変わりだってしているし、変化率も高いからわからなくてもしょうがない、と昨日はなんとか思えた。

毎日のように昔の写真を眺めていた壱は、駈流を含め、あのとき一緒に遊んだ子たちの顔を覚えているが、恐らく駈流はそうではない。だから忘れていてもしょうがない——そう思っていたけれど、駈流はそもそも「松澤壱」という人間の存在を覚えていなかったのだ。

弟と勘違いして、「小学生が来るのだと思っていた」というのを知って、壱はショックで全身の血が下がるような気がした。

弟の弐《そえる》のほうは覚えていたのに、壱のことはすっかり忘れていたのだ。

——覚えてたの……俺、だけ。

霧島《きりしま》家に世話になると聞いてはしゃいでいた自分が恥ずかしくて堪らなかった。

数日前までは、駈流が一人で一軒家に住んでいて、そこで一緒に住むということになって、とても浮かれていた。

天高く上っていた心が、急降下して地面に落下した気分だ。

この二日間で、一生分の恥をかいた。

壱は蒲団の上で静かに身悶《みもだ》える。恥ずかしくて、悲しくて——それなのに、嬉しい。

火照《ほて》る頬を、冷やすように枕に押し付ける。

——……好きな人と、同じ家に暮らせる。

それをどうしても、嬉しく感じる心が止まらない。

自分が彼の眼中にまったく入っていなくても、キスをなかったことにされても、つまり自分に望みがないのだとわかっていても尚《なお》、ずっと片想いをしていた相手と同じ家で暮らせるのが、嬉しい。

「くそっ……」

緊張と、羞恥《しゅうち》と、悲しみと、嬉しさに、胸がぐちゃぐちゃになる。

そっと右手を目の前に翳《かざ》す。手を、握ってもらえた。緊張で震えたり汗ばんだりしているのがばれそうですぐに解いてしまったけれど、それだけで満足だ。

いっちゃん、というあだ名は呼ばれ慣れていて好きでも嫌いでもなかったはずなのに、彼に呼んでもらうと特別に感じる。まるで、距離が縮んだかのような錯覚《さっかく》すら覚えた。

壱は、己が今変な顔をしている自覚がある。

「うー……」

目を強く瞑《つぶ》り、唇を引き結び、枕に顔を埋めて、じたばたと足を動かした。

ナンパした相手が同居人になるなどとは、想像もしていなかった。

しかも壱《はじめ》は、いかにも思春期反抗期真っ盛りの男子高校生、という少年で、同居は前途多難に違いない――そう思っていたが、意外とうまくいってしまって、駈流《かける》は内心驚いている。

育ち盛りに加え、夏で引退しているらしいが元運動部ということもあって、壱は駈流の手料理を沢山食べてくれる。その細い体のどこに入るのか、と感心するほどだ。しかも食べ方も綺麗で気持ちがいい。

作るほうとしても張り切らずにはいられない。

一人暮らしだと、友人に振る舞うのでない限りは、凝《こ》った料理や大鍋料理を作ることは殆どない。たまに作ると三日も四日も連続でそれを食べ続ける羽目になるので、作っているときはいいのだが、食べる段になるとテンションが下がる。

けれど今は壱がいるので、大体多くても二食ほどで料理がなくなるのだ。腕を振るう機会が増え、作り甲斐《がい》もあるので料理するのが非常に楽しい。

■

まだ同居を始めて十日ほどだが、生活は順調であるといえた。

相変わらず会話は少ないものの、悪い子ではない。お手伝いも割とよくやってくれる。食事の後の片付けや、洗濯物を畳《たた》むのを手伝ってくれたり、ゴミ捨てを率先してやってくれたりしていた。

ただ、気が緩《ゆる》んで近寄ったりすると、すぐに距離を取られる。別に襲ったりしない、と反論したいところだが、手を出した前科もあるので文句は言えない。

そういうところが猫や野生動物っぽいなと思うし、可愛らしくもある。元々寡黙なタイプというだけでなく、人見知りでもあるのだろう。

「――へえ、案外うまくやってんじゃん」

先々週に引き続き、またしても仕事を持ち込んできた赤坂《あかさか》は、駈流の経過報告を聞いて笑った。

言うべきか言わざるべきか迷った末、結局「新しい同居人が、ナンパで逃げられた子だった」というところまで喋ってしまった。他に話す相手もいないので喋って楽になってしまいたい、という気持ちが大きい。

夕飯の下ごしらえをしながら、駈流は仕事を切り上げてダイニングテーブルでビールを飲む赤坂に、二本目の缶ビールを差し出した。

「悪い子じゃないっていうか、普通にいい子でね。夜遊びの前科はあるみたいだけど」

前科はつまり、駈流がキスしてしまったあの日のことで。

「で、その男子高校生ちゃんはなにしてるわけ、今」

「今日は予備校行ってる。高三だから、今」

追い込みの時期というのもあるが、予備校に行く日は帰宅時間がとても遅い。繁忙期を過ぎた駈流より早く帰ることは殆どなかった。

「うわ、受験生かー……大変だな。そんな時期に環境が変わるって」

それについては同意見で、駈流も頷く。初手で大失敗しているのはどうしようもないとして、なるべく彼がストレスにならないようにはしたいと思っていた。

「でもさー、この間、つい」

「つい？」

「いい子ではあるんだよ。基本。でもよくも悪くも男子高校生らしいっつうか」

畳むのは手伝ってくれるのに洗濯物を出さない、ご飯前にお菓子を食べる、ゴミ捨てに行ってくれるのに部屋の掃除をしない、という側面もある。

それで、数日前、口やかましく言いすぎて「あんたは俺のお母さんかよ」と言い返されてしまったのだ。

普段は「うん」とか「はい」とか「ああ」とか一言で済ますくせに、そういうときだけやたらはっきりと言い放たれたのが、また傷つく。

そう愚痴《ぐち》ると、赤坂は「おかーさん！」と言ってテーブルを叩きながら笑った。

「出た出た、二つ名！」

「……別に、二つ名じゃないし」

大うけする友人を睨みつけ、駈流はふんと鼻を鳴らす。

飯食わずに帰れと追い返したいところだったが、三人分、腕によりをかけて作った料理を無駄にするのが忍びないので口を噤んだ。

「で、どうしたのその後」

「『そんな子に育てた覚えはありません！』つって、いっちゃんが寝っ転がってた蒲団ひっくり返してやった」

「わはは！　仲良いな！」

再び、ばんばんとテーブルを叩いて赤坂が大笑いする。ビールで酔《よ》ってんじゃないよと駈流は嘆息する。

「仲良くなったついでに、悪いことしてねえだろうな？」

「し、してないよ！」

「……冗談なんだから動揺すんなよ。怪しいぞ」

「してない！」

必死に否定した駈流を、赤坂は胡散臭《うさんくさ》そうに見やる。

実際、預かった他所《よそ》の息子さんに「悪いこと」などはしていない。だが後ろめたい気持ちでいるのも確かだ。

一緒に暮らし始めて、少々口数が少なくはあるものの、彼が普通の男子高校生であると思った。だから普段は意識していないはずなのに、時折その仕種が、目元が、官能的に見えてしまうことがある。

そんな気持ちを吐露《とろ》すると、赤坂は「そりゃ、お前が性的な目で見てるせいだろ」と一刀両断にした。

「見てない。彼は、うちに下宿してる子なんだぞ」

「ふうん……？　でもそれって理由になってなくない？」

嫌なツッコミを入れる赤坂に、駈流は聞こえないふりをして料理の手を動かす。

それから間もなくして、ドアの鍵《かぎ》が開く音がした。

「お？　男子高校生のお帰りか？」

にやにやと笑いながら、赤坂が缶ビールのプルタブを開ける。

「いっちゃん、お帰り」

少し声を張り上げると、階段へ向かう途中だった壱が、開けっ放しだった戸口の前で足を止めた。そして振り返る。

そこで初めて赤坂の存在に気付いた彼は、軽く目を瞠った。

「壱くん、おかえりー！」

テーブルでちゃぷちゃぷと缶ビールを振る赤坂と、キッチンに立つ駈流に視線を投げて、壱はごくごく軽い会釈をして二階へと上がって行った。

「おや」

「――今ちょっと会釈したから！」

すかさずフォローを入れると、その勢いのほうに驚いたように、赤坂が苦笑した。一見無視っぽかったが、ちゃんと頭は下げていた。

「大丈夫だって、一応わかったから。ま、人見知りっていうか、中高生ってあんなもんじゃゃね？」

「そう！　人見知りが激しいだけで悪い子じゃないんだよ」

わかったわかった、と言いながら赤坂がビールを呷《あお》る。

未《いま》だに駈流にすら慣れたとは言い難《がた》いのだから、会うのが二度目の赤坂にはあんなものだ。

色々とフォローしたくはあったが、駈流は壱が帰ってきたので、急いで料理の仕上げにかかった。

半分酔っ払いの赤坂に指示を出し、テーブルの上にコンロを設置させる。そこにガス台で温《あたた》めておいた土鍋を置く。更にその隣に、ホットプレートを置いた。

赤坂が「いい匂い」と言いながら、くんくんと鼻を鳴らす。

「なにこれ。ごま油？」

正解、と返して、コンロの火を点《つ》け、急いで台所に戻り、フライパンをふたつ火にかける。ひとつは炒《いた》め物《もの》、ひとつは焼き物だ。

てきぱきと手を動かしていると、壱が二階から降りてくる気配がした。

「いっちゃん、人数分の小皿と小鉢《こばち》出して、あとお箸《はし》並べてくれる？」

「……」

戸口からひょこっと顔を出した壱が、頷いて食器棚のほうへと向かう。きちんと客用の箸も出して、壱はテーブルの上にお膳立《ぜんた》てを始めた。

そして言われる前に茶碗も出してキッチンへ移動し、ごはんをよそってテーブルに運ぶ。

「赤坂もちょっと手伝え」

「俺、客だもーん」

ねー、と馴れ馴れしく壱に声をかけた赤坂に、壱は無反応だ。それに少々溜飲《りゅういん》を下げつつ、駈流は炒め物を大皿に移す。焼き物も頃合いを見て皿に上げ、夕飯は完成だ。

今日のメインは餃子にした。皮は買ってきたが、種は手作りで、仕事の話を聞いている間にもせっせと大量生産していたのだ。沢山の焼き餃子と水餃子、それから八宝菜に白飯、というのが本日の献立である。

スープ類がないのは、土鍋の中の水餃子がスープ仕立てになっているからだ。醤油《しょうゆ》ベースで、もやし、人参《にんじん》、レタス、ワカメ、ネギ、ザーサイがたっぷり入っていて、ごま油を垂《た》らしてある。

三人揃ったところで、いただきます、と手を合わせた。

「こっちのホットプレートは？」

「餃子第二弾」

同時進行するには、ホットプレートが便利だからだ。そんなに食うか？　という疑問を一瞬浮かべた赤坂だったが、駈流の対面に座る壱の勢いを見て納得した様子だった。

壱は細身の割に本当によく食べるし、食べるスピードもそれなりに早い。今も黙々と箸を動かしている。

もりもり食べるその様子が嬉しくて、おかわりは？　と声をかけると、壱は無言のままご飯茶碗を差し出してきた。今日も相変わらずの食べっぷりだ。てんこ盛りにして返す。

「はー……すごいねえ。若い。ていうか結構遅い時間まで予備校行ってるんだろ？　買い食いとかしてんじゃないの？」

酒を飲んでいるせいもあって、まだ料理に殆ど手を付けていない赤坂が感心したように問う。

壱は口の中のものを飲み込んでから「別に」と素っ気なく返した。話しかけるなと言わんばかりの態度だが、赤坂は果敢《かかん》にもしつこく質問を続ける。

「そうなの？　授業の途中で腹減らない？　俺が高校生んときは常《つね》に腹減ってたけどね。めっちゃ買い食いしてたわ」

「あー、俺も俺も。高校生のときの胃袋ちょっとおかしかったよな。二時間目の後に弁当食って昼に学食で安いカレーとか食って、部活の後にまた食ってた」

昔のことを思い出しながら笑っていると、壱は不機嫌そうに眉を寄せた。

「……腹は減ってる」

ぼそっと呟かれた言葉に、赤坂が首を傾げる。

「でも買い食いしないいんだ？　飯の前にお菓子食って怒られたりとかしてたんじゃないの？」

あっ、と声を上げた駈流を、壱が余計なこと言うなとばかりに睨みつけてくる。

「……いつもしてるわけじゃないし、最近してねえし」

「お小遣い貯《た》めてるとか？　それはそれで偉《えら》いな」

「そういうわけじゃない」

「じゃ、なによ」

畳みかけるように質《ただ》され、壱が眉を寄せる。あんまりちょっかいをかけるなよと言おうとしたが、普段の自分とよりもよほど壱と会話が弾《はず》んでいる赤坂がちょっと羨ましくなってしまった。

壱は険《けわ》しい表情のまま、駈流を指さす。

「帰ってくれれば、この人の飯がある」

「ん？　だからそれって節約してるって話じゃないの」

「違う。この人の飯がうまいから」

だから外で食って来るのは勿体《もったい》ない、という壱に、駈流は感激する。

「いっちゃん……！　嬉しい……！」

毎日沢山食べてくれるのが嬉しくて、でもそんな風に「うまい」とか「好き」という褒《ほ》め言葉のようなものをもらったことはなかった。

態度でなんとなく察することは出来たものの、やはりはっきりと言ってもらうと嬉しい。

壱は居心地の悪そうな顔をして、視線を手元に落とした。そして、また箸を動かし始める。

「すごいな、霧島。いたいけな男子高校生をも料理で落とすとは……」

「まるで俺がいつも料理で誰かを陥落《かんらく》させているような言い方をするんじゃない」

むしろ現実は逆だ、と言い返すのは自ら傷口に塩を塗《ぬ》りこむことになるので、なんとか飲み込んだ。

「そうだな、いつもそれで振られるもんな」

「赤坂ー！」

だが、折角《せっかく》隠した己の恥部を、赤坂が容赦《ようしゃ》なく引きずり出す。

ちらりと壱をうかがえば、彼は餃子を咀嚼《そしゃく》しながら目を丸くしていた。基本的に他人の話はどうでもいい、というスタンスを取っている壱なのに、何故こんな話題のときに限ってちゃんと聞くのか。

赤坂も壱の反応に気付き、にやにやしながら駈流を指さす。

「こいつ、『お母さんみたいで恋愛対象にならなくなった』って振られるのが定番なんだよ～」

「お母さん」はつい先日、壱に言われたばかりの言葉でもある。

割と強めのトラウマワードではあるので、うっかり傷ついた顔をしてしまった。面倒見がいい、という意味合いもあるものの、どちらかといえば「口うるさくて所帯じみてて幻滅」という色が強いだろう。

壱は素っ気なく「ふうん」と相槌を打った。

「炊事洗濯掃除はマメにやるし、結構口うるさいし」

「……でも別に、そういうのがいいって人だっているんじゃねえの」

意外にもフォローのような科白を口にした壱に、赤坂が「おや」という顔をした。そして駈流も、まさかそんな風に気を遣ってもらえるとは思わず、びっくりする。

「まあ、いるにはいるだろうけど……女子は結構嫌がるもんよ？　『家事を積極的にやってくれる男』はモテるけど『家事にうるさい細かい男』ってのはね」

――まあ、俺ゲイだから女子関係ないけどね……。

壱もああいう出会いの場にいたのだから女性が恋愛対象外という場合もあるのだが、赤坂がそれを知っているということを壱が知らないので、赤坂は敢《あ》えて「女子」という言葉を使っているのだろう。

「じゃあいいじゃん。俺だって、いいと思うし。この人のそういうところ」

「い、いっちゃん……！」

今日は饒舌《じょうぜつ》な上に人のフォローまでしてくれるなんてどういうことだ。駈流は堪らなくなってつい抱き付こうと手を伸ばしたが、思い切り跳ね付けられてしまった。やっぱりいつもの壱である。


「いっちゃん、カフェオレ飲む？」

朝食の仕込みをし終えた駈流は、リビングのソファでテレビを見ている壱に声をかける。

壱は微かにこちらを見て、「ん」と頷いた。

赤坂が来てから、壱は前よりも歩み寄ってくれているのか、食事が終わり、洗った食器を拭《ふ》いたりしまったりするのを手伝ってくれた後、大体リビングのソファでテレビをちょっとの間見るようになった。

テレビは、彼の部屋にもある。

つまり、敢《あ》えて駈流と同じ空間に壱はとどまっている、ということだ。

毎日こうして二人の時間が出来るのは、壱が部屋に引き籠《こ》もらないからに他ならない。もっとも、食事以外は部屋に籠もりきりになるほうが、却《かえ》って顔を合わせる時間が気まずくなるから、という可能性もなくはない。

けれど、彼の反応を見るに、そういうことではないのだろう。

——慣れたのもあるけど、一緒にいて居心地がいいし。

了解、と返事をして、コーヒーメーカーをセットする。あっという間に出来たコーヒーをコーヒーカップに注ぎ、たっぷりの砂糖と牛乳を加えて、テーブルへと運んだ。ソーサーにはビターチョコレートも添えてある。

「なに見てたの?」

隣に腰を下ろすと、壱が微かに肩に力を入れるのがわかった。それから、彼は心持ち距離を取る。

離れたというより、中央よりに座っていたのでスペースを開けてくれた、というところだろう。

「——ニュース。スポーツの」

画面の中では、丁度今日のスポーツのハイライトを流しているところだった。

「いっちゃんは部活なにやってたの?」

「水泳。全然強くなかった」

「へー」

ちょっと見てみたいかも、と少々邪《よこしま》な気持ちを抱えたまま頷く。いっちゃんの水着姿か、と見たこともないのに想像してしまった。

「……駈流さんは？」

最近、ようやく「ちょっと」とか「あの」から名前呼びに変わった。呼ぶときにまだ、ほんの少しの躊躇《ちゅうちょ》が滲《にじ》むのがわかって可愛らしい。

「俺？　俺はバスケ。同じく全然強くなかった。大体三回戦で負けたね」

「ほんとに強くないな」

「やかましい」

カップを持っているのであまり衝撃がいかないよう、軽く肩をぶつける。

「あぶねえな」

「スキンシップでしょ」

子供かよ、と憎まれ口を叩く彼の耳が、真っ赤になっている。

「そ、ういうのは……彼女とすればいい」

「いないよ、そんなの」

駈流の言葉に、壱は顔を逸らした。無意識なのか、ほっと息を吐いている。

――……この子、結構俺のこと好きだよなぁ。

壱は駈流をバイだと思っているのか、よく「彼女とすれば」と言う。休日におさんどんをしていたら「彼女とでかけなくていいのか」「予定はないのか……彼女とか」と本人はさりげないつもりらしい探りを入れてくる。

そして、「彼女なんていないよ」と返す度《たび》、安心したように表情を緩めるのだ。

いくらなんでも、駈流もそこまで鈍《にぶ》くはない。

駈流は、顔をテレビの方向に向けながら、そっと壱の横顔を盗み見る。横から見ると睫毛《まつげ》の長さが際立つ。すっと通った鼻梁《びりょう》は高すぎず低すぎず、顎《あご》のラインもとても美しい。

形のいい指が、ソーサーの上のチョコレートを摘《つま》む。包装を剝《む》き、壱はそれを唇で挟《はさ》むようにして食《は》んだ。

ゆっくりと咀嚼《そしゃく》していた壱の唇が、微かに笑みの形を作る。どうやら、美味《おい》しかったらしい。

ソファの上で膝を抱え、じっと包装紙を見ている。

――ッ可愛いなー。も一。

会社帰りに立ち寄った有名店のチョコレートだったが、気に入ってもらえたようでなによりだ。

時々、壱はこういう可愛げのある反応を見せる。普段はツンと素っ気ないくせに。

だから、そういうときは抱きしめたい衝動に駆られるわけだが、すんでのところでどうにか踏みとどまっていた。

駈流は自分の分のチョコレートを取り、それを壱のほうへ差し出した。

猫のような目が、くりっと丸くなる。

「よかったら、俺のもあげる」

「――マジ？」

ぱあっと明るくなった顔が可愛くて吹き出しそうになったが、指摘したら臍《へそ》を曲げるのは必至なのでどうにか堪える。

いいよ、と微笑んで渡すと、壱は頬を上気させながら包み紙を剥がしてチョコレートを口へと運んだ。

チョコレートを食べる仕種や、咀嚼して嚥下《えんげ》したときの喉の動きやラインが綺麗で、そして少しエロい。

部屋着のシャツの襟《えり》ぐりが広いために鎖骨《さこつ》が見え、それがまた頼りない細さの中に危うい色香を放ってみせていた。

性的な目で見ているせいで官能的に見えるのだ、とは、赤坂の弁だが、こちらの見る目だけの問題ではないと思う。

――あ。

満足げな顔で包み紙を丸めていた壱の頬、チョコレートが付いている。一体どういう食べ方をしたのだ、とおかしくなりながら、駈流は手を伸ばした。

「いっちゃん。ほっぺにチョコ付いてるよ」

「え……」

親指の腹でそっと拭《ぬぐ》ってやる。指に付いたチョコを舐《な》めると、舌に甘い味がじんわりと伝わった。

「どういう食べ方した、の……」

子供みたいだよと笑いかけ、眼前の壱の顔が真っ赤になっているのに気付く。その瞳が不安げに揺れていた。

今のは完全に無意識の行動だったのだが、少々まずかったかもしれない。

しまった、と内心焦《あせ》ってはいたものの、なんでもないような顔をしていると、壱は「やめろよ」とむくれて駈流の手を払った。

「こ……っ、こ、どもじゃ、ねえんだから」

恋人、と子供、どちらにするか迷ったのかもしれない。微妙に口をもごもごとさせながら呻《うめ》くように言い、壱が唇を引き結んで微かに俯《うつむ》く。

「いっちゃん子供でしょ」

「――っ」

駈流の科白に、壱が顔を上げる。そして、カップに少し残っていたカフェオレを飲み干し、勢いよく立ち上がった。

「うるさい。ジジイ」

「じ……っ」

カップとソーサーを手に、壱はそのままキッチンへ向かう。流しにそれらを置いて、止める間もなくリビングを出て二階へ上がって行ってしまった。

どたどたと階段を上がる音が、彼の怒りを表していて苦笑する。くすくすと笑いながら駈流は背凭《せもた》れに体を預け、天井を仰《あお》いだ。

——……子供でしょ。キスで逃げちゃったくせに。

初対面——正確には「再会」した日のことを思い出し、息を吐く。

壱が、こちらに好意を寄せてくれているのはわかる。やはり駈流の自惚《うぬぼ》れではないだろう。向けられた、潤んだ瞳には、明確な好意が滲んでいた。けれど、駈流が彼に抱くものより、それはもう少し純真で、幼い。

今のは不可抗力の事故のようなものだが、きっと、壱は駈流が本気を出して迫《せま》ったら怖がる。

「……あー……男子高校生かぁ……」

顔を覆《おお》い、駈流は重苦しい溜息を吐いた。

翌日、顔を合わせるのは多少気まずくはあったが、それを表に出さぬように駈流は平静を装っていつも通り声をかけた。壱は駈流の態度に少々驚いた顔をしたものの、安心したように表情を緩ませた。

以降、生活は何事もなかったかのように通常運転に戻っている。

いつも通り夕飯の準備をしていると、窓に雨の当たる音が聞こえて駈流は眉根を寄せた。

「あー……雨。だから傘《かさ》持っていきなって言ったのに」

天気予報では、夕方からの降水確率が八〇パーセントだった。

今朝《けさ》家を出るときに、駈流は壱に傘を持っていくようにと言ったのだが、壱はおざなりな返事をしながらなにも持たずに出て行ってしまったのだ。

どうも「雨が降ってもいないのに傘を持つのが嫌い」らしい。確かに午前中はいい天気だった。

——受験生なのに、風邪引いたらどうすんの。あの子は。

折り畳み傘を持つのも嫌いなのだろうか。自分は濡れるほうがもっと嫌なんだが、と思いつつ、そういえば高校生のときに「折り畳みは女子みたいでダサイ」という同級生がいたなと回顧する。

一口大の煮込みハンバーグが出来上がり、フライパンの蓋を閉めたところで、玄関のドアが開く気配がした。

帰って来た、と駈流はフライパンの火を止め、玄関へぱたぱたと向かう。

「おかえり～……って、うわ。すごい」

まるでプールに飛び込んだかのようにずぶ濡れの壱が、息を切らして立っている。

「……駅降りたところでゲリラ豪雨」

「わー、ちょっと待って。今タオル持ってくるから、そのままね」

脱衣所のキャビネットからバスタオルを出し、ランドリーバスケットを持って玄関へ戻る。コートを着ていたのでブレザーのジャケットはそれなりに無事らしいが、ボトムは下着まで濡れていそうな状況だ。

「濡れたものここに入れて。頭拭いて」

ほら、と言いながら駈流はバスタオルで壱の頭をわしわしと拭く。壱は文句を言わず、濡れて倍ほどの重さになったコートやマフラー、靴下《くつした》などをバスケットに投げ込んだ。

「寒かっただろ。ほっぺ真っ赤だよ。お風呂入っちゃいな」

「ん」

もういい、とばかりに壱は駈流からバスタオルを奪う。バスケットを持って、素直に脱衣所へと入って行った。

音を立てて戸が閉められたのを見てから、着替えの準備をしておいてやろうと二階へ上がる。階段を上がり、セカンドリビングに差し掛かったところで、そういえばと足を止めた。

——……着替え、ないんだった。

この数日、壱は洗濯物を溜めこんでいる。着るものがなくなっちゃうよ、と声をかけてはいたものの、彼はそれでも面倒くさがって服を出さないままだった。ドアが開きっぱなしの壱の部屋を覗いたら、ベッドや床に服が散乱している。

これを拾って渡してもいいのだろうが、それは駈流の美意識に反した。

——やっぱ乾燥機買おうかな。でもそろそろ高校卒業しちゃうから同居やめちゃうかなぁ……迷うところだ。

下着類はともかく、それ以外の洗濯ものを彼はあまり洗濯機に入れてくれない。

本当は制服のシャツは毎日、体育で使うジャージも使用するごとに洗濯したいのに、彼は「乾かなかったら困る」と言ってマメに洗濯してくれないのだ。

各家庭ごとに違うのかもしれないが、駈流としてはどうしても一度着たものはすぐ洗濯してほしい。

このあたりも「お母さんか！」と言われて振られる原因でもあったことは十分承知している。とはいえ、こまめに洗濯するのが駈流の習慣なのでしょうがない。

——部屋着もなかなか洗ってくれないんだよね。これ何日着てるんだろ。

いつも彼が部屋着にしているTシャツとジャージを拾って、駈流は自分の部屋に入る。チェストの中からTシャツとスウェット、パーカーを取り出し、階下へ降りた。

そして脱衣所に入って洗濯機の中に壱の部屋着を放り込み、自分の部屋から持ってきた衣類を置く。下着類は脱衣所のチェストにしまっているので、それは出さずに置いた。流石《さすが》にそこまでやったら本当に「お母さん」である。

キッチンに戻って食事の準備を続けていると、壱が脱衣所から出てくる気配がした。

「いっちゃん、ちゃんと温まった？」

ぺたぺたと裸足《はだし》で床を歩く音が近付いてきて、壱がリビングに姿を見せる。その姿に、駈流は目を瞠った。

——服の中で、体が泳いでる。

思った以上に体格差があったようで、壱は駈流の服に着られていた。パーカーのファスナーは上まで上がっているのに、やけに襟元があいて見える。首の後ろは、女性の着物のようにぬけていた。

所謂《いわゆる》「彼シャツ」状態で、可愛らしさに胸が疼《うず》いて笑いだしそうになる。

「……俺の服は？」

じろりとこちらを見ながら不機嫌そうに問われ、駈流はいつものようにポーカーフェイスを装った。

「だからマメに洗濯物出せって言ったでしょ」

「こんなタイミングで洗わなくたっていいだろ」

腕まくりをするが、ずり落ちてくるらしい。ちっと舌打ちをしながら、壱が近付いてくる。

「……言っとくけど、俺が小さいんじゃなくてあんたがデカいんだからな」

駈流の視線の意味をちゃんと読み取っていたらしい壱が、唇を曲げる。その拗《す》ねたような口調が可愛い。もっとも、そんなことを言ったら完璧《かんぺき》に怒らせてしまうので「はいはい」と返すにとどめた。

「すぐ出来るから、待ってて」

「や、出来たもの運ぶ」

「じゃあ冷蔵庫にサラダとか入ってるから出してくれる?」

わかった、と頷いて、壱はてきぱきとテーブルの上にサラダや駈流が作ったばかりの副菜を並べたり、ごはんをよそったりと手伝ってくれた。

その様子を見ながら、駈流は壱の肩や腰のラインに目をやる。

——確かに、いっちゃんは別に小さくはないんだよね。

男性の平均より少し高い程度の身長ではあるようだ。けれど、まだ十代らしく細身で、体は薄く、華奢《きゃしゃ》な作りをしている。思い切り抱きしめたら、折れてしまいそうだ。

幼さもあるけれどそればかりではなく、横顔や、露《あらわ》になっている首筋のラインを見るにつけ、綺麗でそそる。

いかんいかんと目を逸らし、駈流はフライパンの蓋を開けて再び火にかけた。

「……いっちゃん？　すぐ用意出来るよ？」

傍らに彼の近付いてくる気配を感じて言うと、壱はそれでも無言のまま、こちらに歩み寄ってきた。ちょっと忍び足なのがおかしい。

そして、フライパンに顔を近付ける。腹が減っているのだろう、匂いに誘われたと言わんばかりの仕種に駈流はつい頬を緩めてしまう。

深手のフライパンの中では、一口サイズのハンバーグが、きのこたっぷりのデミグラスソースの海で躍っている。弁当に入れる分もまとめて作ったのだ。

「いっぱいあるな」

「……そうだね」

「……すげえいっぱいある」

つまりそれは、もうすぐ夕飯にありつける状態にあるけれど「今ひとつ食べたい」ということだろうかと、フライパンに顔を突っ込んでしまいそうなくらいに覗いている彼の顔をうかがう。大きな二重の目が、きらきらと輝いているのがおかしくて、堪えていたのについ吹き出してしまった。

「なに？」

むっとした顔を向けられ、いやいやと手を振った。

「ひとつ食べる?」

うんともすんとも言わずに、壱は駈流の科白を受けてぱかっと口を開けた。

——……っ、食べさせてってこと⁉　可愛いな男子高校生！

普段は警戒心丸出しの猫みたいなくせに、こういうところが恐ろしい。

湯気が立ちのぼり始めていたところだったので、念のため息を吹きかけて冷まし、彼の口に運ぶ。半分くらいを食《は》んでもらうつもりだったのに、壱は一個丸ごと口に入れた。

「いっちゃん熱くないの⁉」

「へーき」

もごもごと咀嚼する様子が、ハムスターのようで愛らしい。確かに、猫舌ぎみの駈流と違い壱は熱さに強く、グラタンなどでも息を吹きかけて冷ましたりはしないのだ。

見ているこちらが火傷《やけど》しそうなくらいだが、本人は本当に平気なようで、顔色も変えずにハンバーグを飲み込んだ。

「おいし?」

「最高」

端的に、けれど最上級の言葉が返って来て、駈流は笑む。きょとんと目を丸くした壱の唇の横に、ソースが付いてしまっていた。

「いっちゃん、ソースついてる」

自分の唇を指でさしてそのことを指摘すると、壱は口の横をぺろりと舐めた。大変可愛らしい仕種で一瞬息が詰まったが、残念ながら舌が滑《すべ》ったのは逆方向だ。

「そっちじゃないよ、こっち」

取ってあげようと手を伸ばし、互いにはっとした表情を作ってしまう。

似たようなことで子供扱いがどうとか子供だからだろとか、先日ちょっと喧嘩《けんか》になったばかりだった。

――……やば。また怒らせるかな。

手を引こうとした駈流よりも早く、壱が逡巡《しゅんじゅん》したような顔を作った後、すっと目を伏せる。

綺麗な顔貌《がんぼう》はあまりに無防備で、駈流はその場で硬直した。

そして、誘われるように、吸い込まれるように、顔を寄せる。

「――ッ!?」

柔らかな唇が重なった瞬間に、壱の肩がびくんと跳ねた。

よろめきながら数歩後退し、壱はこちらを凝視する。大きな瞳が不安げに揺れた。

壱はまるで怯《おび》えるような顔をして、それから口元を手で覆う。

「いっちゃ……」

無意識に手を伸ばしかけた駈流に、壱は体を強張《こわば》らせた。それから二、三歩後退《あとずさ》り、走って

二階へ上がって行ってしまう。

どたばたという足音を聞きながら、駈流は頭からさあっと血の気が引くのを感じていた。

——や、ばい……。

前触れなく、突然キスしてしまった。

相手は子供なんだからと物わかりのいいことを己に言って戒《いまし》めたのはつい先日のことだというのに、無防備な壱に手を出してしまった。

——……ケダモノか……俺は……。

その場にしゃがみ込み、駈流は重苦しい息を吐く。

相手が、憎《にく》からず自分のことを想ってくれていると思っていた。それはきっと自惚《うぬぼ》れではない。

けれど、駈流の気持ちがわかっていないのに突然キスなどされたら、壱が動揺してしまうなんてわかり切ったことだ。出会いのことだってあるし、遊ばれているのでは、とすら思うだろう。

早く言い訳しないと、と思う一方で、自分が思い切り悪手を放ったことに滅入《めい》る。もう一度溜息を吐き、口元を押さえた。

「……どうかしてた」

彼が今瞼を伏せたのは、先日同じシチュエーションにおいて慌てた壱に、「子供」という言葉をぶつけたからだ。

それなのに、目を閉じた壱の表情が綺麗で、本当に、吸い寄せられるようにキスしてしまった。そんなもの、なんの言い訳にもならない。

しゃがみこんだまま後悔に身悶《みもだ》えていたが、このままではいられない。深呼吸をしてから立ち上がり、駈流は二階へと上がる。

恐らく、足音は聞こえているだろう。駈流は壱の部屋の前で足を止め、ドアをノックした。鍵は付いていないそれを、無理に開けようとはしない。

「いっちゃん」

呼びかけに、壱は応えない。

「……いっちゃん、ごめん。ご飯食べよう？」

お腹空《す》いてるでしょ、と重ねて言うも、やはり壱はなにも言わないし、ドアも開かない。

「いっちゃん。ごめん。もうしないから」

中から物音はしない。ベッドに乗っているのか、それともドアの前に立っているのか。

室内に入りたい、顔を見てちゃんと話したい、という思いもあるが、結局ドアノブに触れることもせず、駈流はその場を離れた。

一度一階へ降りて、セッティングだけ終えてあるテーブルを見て陰鬱な気分になる。

ほんの数分前まで、楽しく喋っていたのに。その空気を壊したのは自分だ。壱を怖がらせて、しまった。

――あー……ほんと馬鹿……。

馬鹿馬鹿、と心中で己を罵《ののし》りながら、駈流はトレイに食事を載せる。折角壱の好きなハンバーグだったのに、台無しだ。いつもご飯茶碗一杯で足りない壱のために、茶碗飯ではなく大きいおにぎりをふたつ作った。

配膳したトレイに、「ごめんね。」と書いたメモを置き、二階へと戻る。もう一度壱の部屋のドアをノックしたが、やはり応答はない。

「いっちゃん、ここにごはん置いておくから。……あと、髪、ちゃんと乾かすんだよ。風邪引いたら大変だから」

どうせ返事はないだろうと、駈流はすぐに部屋の前を離れる。壱はその晩、一度も階下へ降りてはこなかった。

朝起きたら、壱の部屋の前に置いていたトレイが、一階のダイニングテーブルの上にあった。食器も既に洗ってある。けれど、壱の姿がない。玄関に行ったら靴がないので、彼が朝食も食べずに学校へ行ってしまったのだと知った。

壱のために朝から五合も炊《た》いているのに、全て炊飯器の中に置き去りである。

「……どうしよう」

五合の白飯の行方《ゆくえ》もだが、このままずっと顔を合わせないつもりだったらどうしようと、駈流は朝から顔面蒼白になって立ち尽くした。

□□

——どうしよう。

唇に残る感触に、体が震える。

まるで逃げるように部屋に飛び込んだ壱《はじめ》は、ドアを閉めるなりその場にへたりこんだ。

無意識に口元へ伸ばした手を、唇に触れる直前に、慌てて下ろす。

触れたら、キスの感触を思い出しそうで、忘れそうで、怖い。

——どうしよう……なんで、なんでいきなりキスなんかすんだよ⁉

わけがわからなくて、涙が込み上げそうになる。

——いつも子供扱いして、全然気付かないくせに。

壱が必死に、自分なりにアピールしようとしても、駈流《かける》は気付いてくれない。もしかしたら、その拙《つたな》い好意に気付いた上で、壱が子供だから簡単にいなしているのか。

暖簾《のれん》に腕押し、というくらい、脈がないのには正直なところ悲しさや空《むな》しさはあった。けれどその反面、気楽でもあったのだ。

――男だし、子供だし、釣り合わないのなんて、わかってるし。

振り向かないから全力でぶつかれる。失恋は自分にとって予定調和で、そうやって自分の心に予防線を張っていた。

恋愛感情が返ってこない。だからこそ遠慮なく近寄ることが出来た。気持ちに報《むく》いて欲しかったわけじゃない。ただ、好きな人と一緒にいられる今の生活が、とても心地よく思えていたのだ。

――なのに、どうしてキスなんてするんだよ……！

初めてキスされたとき――再会したあのときは、単純に喜んでしまった。今思うととてもありえない話だが、緊張で少し変になっていたのだろう。

初恋の人が自分を覚えていただけでなく、「実は自分もずっと君のことが」という少女漫画のような空想をしていたから、馬鹿みたいに舞い上がることが出来たのだ。

今は違う。心地よい関係が壊れるのが怖い。

――駈流さんは、平気かもしれないけど……今までしてきた恋愛のうちのひとつって思うかもしれないけど、俺は、違う。思えない、きっと……そんな風に。

壱は、霧島《きりしま》駈流以外の誰かを好きになったことがない。駈流が初恋なのだ。

自分の恋愛対象が男か女かなんて、考えたこともない。霧島駈流しか、好きじゃない。

それは子供の恋で、執着のようなもので。きっと、こんなことを言ったら友人には笑われるだろう。昔、ちょっと会っただけの、子供の頃の「初恋」の相手の、どこがそんなに好きなのかと。そんなのは恋愛とは言わないと。

けれど、本当にずっと好きだった。

もっとも、一日千秋《いちじつせんしゅう》の思いで焦《こ》がれていたこちらとは違い、駈流は壱のことをまったく覚えていなかったのには、流石《さすが》にショックを受けたけれど。

一緒に住んでみて、遊ぶのに不自由しない見た目と裏腹に、彼は真面目《まじめ》で、周囲から「お母さん」と呼ばれるほど所帯じみていて、ちょっと鈍いけれどいい人だということはわかった。

なにせ、幼い頃会ったきりの自分を下宿させてくれるばかりか、こちらが受験生とはいえ日々の家事までまかなってくれるような人なのだ。

――子供の頃の初恋に、今の気持ちが重なって、それが決定的に駄目になったら、怖い。

だって、駈流の友人である赤坂《あかさか》が言っていたのだ。「彼女」と。

駈流と恋の――セクシャリティに関する話などしたことはないが、恐らく男女どちらも恋愛対象なのだろう。だったら、結婚も出来る、子供も作れる、そんな相手を最終的には選ぶに違いない。

その間の繋ぎの関係なんて、嫌だ。

キスが嫌だったわけじゃない。彼がほんの少しでもこちらを向いてくれたのは、本当に本当に嬉しい。嬉しいけれど、嫌なのだ。近い将来振られる未来が見えるから、怖くて、嫌だ。

戦慄《わなな》く唇を引き結び、混乱していると、背後のドアがノックされた。

「……いっちゃん」

呼びかけに、壱はぎくりと体を強張らせる。

応えるべきか。ドアを開けて、話をするべきか。むしろ、今無視をしてしまったら、今後気まずくてどうしたらいいかわからなくなる。

喧嘩と同じで、こういうことは長引かせないほうがいい——そう思うのに、体がまるで凍り付いたみたいに動かない。

その間にも、駈流が辛抱《しんぼう》強く壱を呼び、ご飯を食べようと呼びかけてくる。

でも、声が出ない。まだ駈流になにを言ったらいいのかわからなくて、壱はくしゃりと顔を歪《ゆが》める。

やがて、ドアの向こうで謝罪の言葉が重ねられた。その響きに、壱はぎくりとする。待ってとドアを開けようと手を伸ばした瞬間に、駈流が呟く。

「——もうしないから」

駈流の言葉に、すっと胸の奥が冷えた。

指先が震え、壱は瞠目《どうもく》したまま動けずにいた。

やがて駈流の足音が離れていくのが聞こえる。

勿体《もったい》ぶっていたわけではないが、早く、ドアを開ければよかったのだ。見切りを、付けられてしまったのだ。

そして、もうしない、と駄目押しされてしまった。今更撤回《てっかい》してほしいなんて、はしたなくも勝手なことは言えない。

こんな風に、拒《こば》むような真似をした壱を、駈流はどう思っただろうか。

悲しんだか、憤《いきどお》ったか、面倒くさいと思われたか。けれど、彼の声音を聞いても、壱にはわからない。もしかしたら、キスくらいで、と驚いたかもしれない。

どれくらいその場でぼんやりとしていたのか、暫《しばら》くして、再びドアがノックされた。ことん、と廊下になにかが置かれる音がする。

「いっちゃん、ここにごはん置いておくから」

勝手に籠城《ろうじょう》しているのは壱なのに、ハンスト状態にならぬようにわざわざ食事を持ってきてくれたらしい。

——……なんで、優しくしてくれんの。

それればかりか駈流は、風邪を引かないようにちゃんと髪を乾かしてと、受験生である壱を案ずる言葉までくれた。

そして今度は留まることなくすぐに足音が離れていく。

普段と変わらない声色に、ひとりで動揺している自分が馬鹿みたいで、悲しかった。

——……やっぱりあの人、大人だな。

拙いアピールを躱《かわ》す狡《ずる》さもあるけれど、こうしてクソガキである自分に譲歩《じょうほ》してくれる鷹揚さがある。自分だったら、こうは出来ない。

子供じみていて、わがままで、本当に嫌になる。

そっとドアを開けると、やはりそこに駈流の姿はなかった。自ら拒絶するような態度をとっておいて、それを悲しいと思うのは、勝手すぎる。

トレイには、大きな塩むすびがふたつと、味噌汁《みそしる》とサラダ、一口サイズのハンバーグが沢山。

それを机に運んで、もそもそと食べ始める。

美味しくて、申し訳なくて、泣きそうだ。

ごはんを頬張りながら、うまいと言う相手がいないことが悲しくなる。そして、明日からどうしよう、と気が付いた。

——今日はいいとして、明日から……どうしよう。

今まで通り、何事もなかったかのように過ごすべきなのかもしれない。

引き延ばしたらますます気まずくなるだけなのもわかっている。

ひとつ屋根の下で生活しているのだから、避けるにしたって限界はあるだろう。なにより、炊事や洗濯をしてもらっているくせに、顔も合わせせないだなんて無礼すぎる。

そう頭ではわかっているのだが、もし面と向かって「キスしてごめん、もうしない」と宣言されたら、平静でいられる自信がなかった。

取り乱したら、言い訳出来ない。

——どうしよう……。俺、どうしたらいいんだよ。

どうしようどうしようと、頭を抱えていると、不意に携帯電話が鳴った。今それどころじゃないんだよと思いながらも、壱は携帯電話を取り、表示も見ずに通話ボタンをタップする。

「——もしもし。……あ」

このまま逃げられ続けたらどうしよう、という悩みは杞憂《きゆう》に終わった。

朝は顔も合わせないまま学校に行ってしまった壱《はじめ》だったが、夜は普通に帰って来た。もしかしたら「友達のところに泊まる」とでも言いだすのではないかと不安だったのだ。

けれど、いつも通りお手伝いもしてくれたものの、驚くほどに目が合わない。しかも、心持ち距離を取られていた気がしてならない。

元々寡黙なタイプで、それほどおしゃべりをするほうではなかった壱からは、話しかけてもいつも以上に短い返答しかなかった。

「今日こんなことがあってね」

「へえ」

「味噌汁の出汁《だし》変えてみたんだけど、どうかな？」

「ああ」

「今度の日曜日一緒に買い物でも行かない？　こっちに来てから服とかなにも買ってないで

しょ」

「いいです」

と、いった具合で、にべもない。その間まったく目を合わせてくれないもので、流石《さすが》に堪えた。

――でも、迂闊《うかつ》にキスとかしちゃったの俺だしな……。

大人の分別も余裕もあったものではない。言い訳のしようもない。

一日ぶりに顔を合わせたときに、めげずに謝ろうとしたら席を立って逃げられてしまった。きっと、そのことにはもう触れられたくない、ということなのだろう。

もう言わないから、と頭を下げたらやっと出て来てくれたが、前と同じように、とはいかないのが悲しかった。

しかも、前はあれだけ言ってもろくに出さなかった洗濯物も、今は洗濯機の中に入れられている。それはつまり、駈流が声をかける機会をなくしている、ということなのだろう。

――警戒心、すっごいな……。

出会いが出会いだったので、相当軽い男だと思われている自覚はある。

件《くだん》のキスだって、前触れもなく、衝動のようにしてしまった。

――……そんな衝動、生まれて初めてだったけど。

無意識に伸ばした手を撥《は》ねつけられて、ショックだった。

そのもやもやをぶつけるために、久し振りにパンを作った。定時で上がれたので、時間は沢山あったのだ。だが、いかに育ち盛りの男子高校生がいるからといって、二人で食べるには多すぎるほど大量に生産してしまった。

今日のメインはホワイトシチュー、サイドにはサラダと簡単に済ませたので、余計に時間が出来てしまい、成形に凝り出してしまったのだ。

バスケットに山盛りになったパンの山を眺め、さらなる自己嫌悪に陥る。様々な形のものを大量に作ったが、我ながら怨念《おんねん》が籠もっていそうだと辟易《へきえき》した。食べたら消化不良を起こしそうだ。

はあ、と大きな溜息を吐いて、駈流は時計を確認する。

——いっちゃん、遅いなぁ……。

元々、予備校に寄ってから帰ってくる日は、帰りが駈流より遅い。二十時を過ぎるのが常だったが、このところ、ますます遅くなってきた。

今は二十一時を過ぎている。

流石《さすが》になにかあったのかと心配になり、携帯電話を取り出そうとしたとき、玄関のドアが開く気配がした。

玄関まで行くと、こちらに気付いた壱が微かに目を瞠る。

「いっちゃん、おかえり」

「……ただいま」

視線を足元に投げ、壱が靴を脱いだ。

「遅かったね。どうしたの、心配してたんだよ」

「……すいません」

ぽつりと呟いて、壱が目も合わせず駈流の横を抜けようとする。その態度に若干《じゃっかん》かちんと来て、駈流は壱の腕を摑んだ。

壱の綺麗な形の眉が、顰《ひそ》められる。

「待って。連絡のひとつもないから心配したんだよ。どうしたの？」

「……予備校で、質問してたら遅くなった」

「……そう」

追い込みの時期の受験生なのだから、勉強熱心になるのはしょうがない。そうは思うが、それでも連絡のひとつは欲しいのも確かだ。

「それは仕方がないけど、あんまり遅くなるなら連絡して。帰りの電車の中でも出来たでしょ？」

本当は、駈流と顔を合わせたくないからわざと遅くなったのではないのか。

そういう疑念は勿論あったが、敢えて口にはしなかった。けれど態度に出たのだろう、壱が気まずげに顔を逸らす。

わかった、と不貞腐れたように言うのが可愛くなくて、意地悪なことを言いたくなったがどうにか堪えた。壱の背中を軽く叩き「着替えておいで、ごはんにしよう」という言葉に変える。

壱は微かに頷いて、二階に上がって行った。

もう食事の準備は出来ていたので、すぐにお通夜《つや》ムードの食事が始まる。受験生の胃にあまりストレスはかけたくないのだが、今日は少し、優しく出来そうになかった。常ならば話しかける駈流が黙ったままなので、テレビも付いていないダイニングには食器の音だけが響く。

今日は大量に作ったパンがテーブルの上に積まれているので、「おかわり」と声をかけられることもない。

おかわりも、今までは駈流が訊ね、壱が皿を差し出す、というのが常だったのに、今は立ち上がって自分でよそいに行ってしまう。今日もシチューの皿を持って、無言のまま壱がキッチンに立った。

沢山食べてくれるのは、嬉しい。それは間違いないのだが、可愛くない、と思ってしまう。

今日はもしかして一言も会話がないまま終わるのか——そう思った矢先、壱のほうから声をかけてきた。

「——あの」

それが意外で、駈流は返事もなく顔を上げてしまった。目線が交わり、壱が先に逸らす。

けれど、彼の形のいい唇の紡《つむ》いだ言葉は、やっぱり可愛くなかった。

「……俺、予備校とかで遅くなるんで、そのときは先に食っててください」

「なんで？」

理由を先に付けて話したはずなのに何故と問い返されて、壱が戸惑った顔をする。

それを見て、少し溜飲《りゅういん》が下がったような気がした。

「だから、今日みたく、帰りが遅くなるかもしれないから……俺に合わせてごはんを遅らせる必要ないっていうか」

「気にしなくていいよ」

まだなにか言いだしそうな壱の言葉を遮《さえぎ》るように返す。

「俺は、いっちゃんとごはん食べたくて待ってるんだから。ちょっと遅くなったくらいで先にごはん食べたりしないよ」

ちらりと、壱の顔をうかがう。

頬が朱を刷《は》いて、困ったような、泣きそうな顔をしていた。その複雑な表情に、確信する。

――うん。この子は、俺のことが嫌いになったわけじゃない。

むしろ、その逆だ。

嫌がることはもうしないと言ったけれど、変わらずそんな瞳で自分を見るなら話は別だ。

「待ってるから、一緒に食べるよ」

そう告げると、壱が俯く。返事はなかった。

「……で、昨日の今日で盛大に逃げたね。いっちゃん」

午後七時を過ぎたところで、携帯電話に壱からメッセージが届いた。

『今日は遅くなるから飯いらない』

と、来たものである。

今日も壱の分の夕飯は作ってしまっている。けれど、そのこと自体はどうでもいい。

恐らくそんなのは駈流と顔を合わせないための口実に違いない。

問題は、「壱がどうやって時間を潰《つぶ》しているか」ということだ。どこで、だれと、どのように。

『何時に帰るの？』

と返信すると、すぐに『わかんない。帰るときに連絡する』と返って来た。

「……わかんないくらい遅い時間に、一人で帰らせるわけにはいかないな！」

うんうん、と頷きながら、駈流は光の速さで『帰りには迎えに行く』と打ち込んだ。行こうか？　というおうかがいではない。行く、という決定事項だ。

けれど壱も負けずに素早いレスポンスで『来んな』と送信してきた。更に息つく間もなく『今日は泊まってくる』という問題発言をかましてくる。

「泊まる～⁉」

制服を着た高校生が、どこで、誰と。

そう打ち込もうとして、駈流は指を止めた。そんなことをしても、敵が素直に答えるとは思えない。

「……俺は保護者だよ？」

実際には殆ど使ったことがないが、壱を松澤《まつざわ》から預かる際に、所謂「見守りアプリ」というものを使って、互いの位置情報を把握《はあく》出来るようにしている。本来は壱の小学生の弟・弐《そえる》のためにダウンロードしたものらしく、駈流もインストールし、壱と位置情報を共有している。

ただ、壱が友達と遊びに行く、と出かけていったときも含め、普段からそれを使うことはない。保護者とはいえ、親子や兄弟でもないのにそこまでするのは、流石に彼のプライバシーを無視していると思ったからだ。それは壱も同じだろう。

しかし今日はそんな遠慮などせず、文明の利器を使わせてもらう。

早速確認すると、壱はまだ予備校付近にいるようだった。ひとまずそっちに向かってみるかと、コートを羽織る。

「俺は保護者として心配で……別にストーカーとかそういうんじゃない。違う違う」

断じて違う、と言い訳じみた独り言を口にしつつ、駈流は急いで駅に向かった。

駈流が駅に向かっている間に、壱は場所を移動して電車に乗ったようだった。やはり駈流の家の方面ではなく、逆方向へ向かっている。

もしかして、と思ったら、案の定というかなんというか、壱は新宿駅で下車した。

——おいおいおい……！

まさかゲイタウンに行くんじゃなかろうなとやきもきしている駈流をよそに、壱のGPS情報は駅で止まった。アプリが停止したのではなく、壱がその場から移動していないのだ。

怪訝《けげん》に思ったものの、待ち合わせだと気が付く。追いかけるのには都合がいいが——。

——誰と会うんだ、おい。

もっと速く走れと電車に対する無茶振りを心の中で叫びながら、駈流は新宿へと向かう。

あと数駅というところで、壱が移動を始めてしまったようだった。待ち人が来た、ということだろうか。

噛みつきそうな勢いで携帯電話の画面を見ていると、ゲイタウンとは別方向に向かっていく。どうやら駅ビルの中にいるらしい。壱の位置を示すアイコンが止まったまま動かない。

よしよしそのまま、と頷いている間に、やっと電車が駅に到着した。急いでホームへと降り、駈流は壱のいるらしい駅ビルへと向かう。

けれど、GPSは多少ずれることもある上、駅ビルのどの場所にいる、という明確なところまではわからない。はぐれたらワンフロアであっても見つけるのは難しいが、ＧＰＳを確認しながらとにかく男子高校生の姿を探す。こういうときは己の長身が役に立つのだ。

一時間で全フロアを駆け回るように捜索した結果、壱の姿は見つからなかった。

壱は平均身長より少し高めで、頭が小さくモデルのようなプロポーションだ。学校帰りだし、いつものコートを着ているだろうから目に入りやすいだろうと踏んだが、やはりそう簡単には見つけられなかった。

――もう一回探し直す……ん？

立ち止まってＧＰＳ情報を確認すると、壱のアイコンが駅ビルを離れ始めたところで、目を剝く。

――移動か。

エスカレーターを駆け下り、アイコンの動きを追った。ビルから出て、アイコンの指し示す方向を見やる。横断歩道を渡る壱の姿が見えた。

――いっちゃん！　いた！

慌てて後を追おうとした駈流を、赤信号が阻《はば》む。無視して渡りたいところだが、そういうわけにもいかない。イライラとしながらも壱の姿を見失わないように凝視し、ふと壱の傍らに男が立っていることに気が付いた。

身長は、壱とそう変わらないくらいだ。後ろ姿なので明確にはわからないが、肩幅の広さや服装の雰囲気や時間帯などから鑑《かんが》みるに、壱や、もしかしたら駈流よりも年嵩《としかさ》の社会人であることはわかる。

彼が何事か話しかけたのだろう、壱が彼のほうを向き、肩を寄せるように近付いたのが見え、頭から一気に血が下がるような感覚に襲われた。

――……いっちゃん。

普段、彼が他者といるところを見たことは殆どない。

駈流がカフェで声をかけたときや、その後も、少し距離を取られた覚えがある。駈流に対するそんな態度などから、他人とはある程度の距離を保つタイプなのだと思っていた。

実際そうなのかもしれない。ただ、傍らの男と親しいというだけで。

――くそ。

自分の中に湧き上がってきたものは、紛《まぎ》れもなく「嫉妬《しっと》」だ。保護者が抱くはずのない感情だ。

強い自覚とともに、怒りに似たものも滲《にじ》み始《はじ》める。

人波に紛れて二人の姿が見えなくなりそうになる寸前で、信号は青に変わった。

駈流は全速力で後を追いかける。

「――いっちゃん!」

大声を張り上げてみるも、まだ遠い壱には届かない。振り返りもせず、二人は肩を並べて先へ進んでいく。

ちょっと待ってくれよと心中で叫んだら、まるで応えるように二人は足を止めた。信号もない場所で何故と疑問符を浮かべていると、男が建物を指さす。

釣《つ》られるように、壱も駈流もその指が示す方向を見た。

――は……はああっ⁉

彼らの傍らに聳《そび》えているのは、ホテルだ。ラブホテルではない、ビジネスホテルである。けれどそういう場所で事に及ぶことは特に男性同士だとままあるわけで、ラブホテルでないからと言って安心など当然出来るはずもない。

高校生をホテルに連れ込む男と、どこの馬の骨ともわからぬ相手とホテルまで来る壱の無防備さ、無謀《むぼう》さにかっとなる。

ひとまず相手の出方を見ようと急ぎ足で向かった駈流は、男が壱の肩に手を回したのを見てぎょっとした。壱は戸惑う様子もなく、それを受け入れている。

暫《しばら》く様子をうかがうつもりだったが、そんな当初の計画は頭からすっぽぬけ、駈流は今まさにホテルに入ろうとしている二人に駆け寄った。

「――いっちゃん！」

今度こそ駈流の声が耳に届いたらしい壱が、こちらに顔を向ける。その唇が「駈流さん」と動いたのが見えた。

駈流は憤怒《ふんぬ》の形相のまま壱の腕を引く。壱は状況もわからないようで、大きな目をくりくりと丸くしていた。

「か、駈流さん？」

抱き寄せるように彼の痩軀《そうく》を引き寄せ、駈流は壱の傍らに立っていた男を睨みつけた。

一体、この子になにをするつもりだったのか。

そう問い質そうとした相手が、「やあ、こんばんは」と悠長《ゆうちょう》に挨拶をしてきた。

てめえこの野郎と怒鳴りかけ、その人物の顔をようやくまともに確認して、駈流は固まる。

「――ま、松澤さん……」

「久し振りだね。元気だった？」

朗《ほが》らかに笑うのは、壱の父親だった。

あれ、どうして、と松澤親子の顔を見比べる。壱も当然、なにがどうなってるんだという顔をして、目を瞬いていた。


親子水入らずを邪魔した駈流を邪険にもせず、松澤は近くのカフェに誘ってくれた。

彼は仕事で、転勤先から一日だけ東京に戻って来ていたらしい。一泊で帰ってしまうので迷っていたが、先日、壱に連絡を入れたら「一緒に泊まっちゃ駄目？」と訊かれたので、珍しい長男のおねだりを叶《かな》えようとしたのだそうだ。

確かに、普段あまり甘えないタイプの息子がそんな風に誘って来たら、受け入れたくもなるだろう。親元を初めて離れているのだから、猶更《なおさら》だ。

新宿駅で待ち合わせをしていたが、会議が押して遅れてしまい、壱は駅で暫く待つことになった。そして合流後、駅ビルで夕食をとったのだという。GPSの動きは、そういうことだったのかと理解する。

しかも、松澤親子のほうから、駈流の動きはばればれだったらしい。

駈流が使っていた「見守りアプリ」は、いくつかのグループに分けて登録することが出来る。初めのうちは、松澤親子のグループに入っていたのだが、後に壱と駈流二人だけのグループをもうひとつ作っていたのだ。

理由のひとつは、離れた場所に住む松澤夫婦と、弟の弐《そえる》の位置情報まで全て出てしまうこと。それともうひとつは、子供の情報はともかく、大人同士の情報全てが共有されてしまうのもプライバシーの観点から少々気まずさを覚えたこともある。

駈流が見ていたのは二人グループのほう、けれど松澤が息子との待ち合わせで見ていたほうは五人グループのほうだったので、駈流の動きは松澤親子に筒抜けだったようだ。

歩いている途中に壱が肩を寄せたのも、松澤が携帯電話の画面を見せ「近くまで駈流くんが来てるよ」と見せたからだったそうだ。

「壱がなにも言わないから、まさか探しに来てくれてるなんて思わなくて。駈流くんも新宿に来てるんだー、偶然だなーって能天気に思ってたよ」

ははは、と朗らかに笑う松澤に、駈流も微笑み返すがその口元がひきつった。

しかし、これで松澤が定時に上がって壱と合流し、そのままホテルに行かれてしまっていたら自分がどんな行動を取っていたのか――想像するだに恐ろしい。

「子供の頃から面倒見がいいなと思っていたけど、変わらないね。駈流くん」

「は……ははは。いや、それほどでも……」

「それより、いっちゃん。口下手《くちべた》なのはしょうがないが、ちゃんとお父さんに会うんだと説明しておきなさい。駈流くんに心配させて……」

父親の小言に、壱はうんともすんとも言わずにカップに口を付ける。

「壱！」

「あ、松澤さん、いいですから」

「いや、子供に任せきりにしないで、こちらも一言ことわるべきだったね。一日だけだし急なもので、不義理をしてしまった。申し訳ない」

「い、いいえ……」

むしろそんなに好意的に解釈《かいしゃく》されると、非常にいたたまれない。

一方で壱はＧＰＳを使ってこんなところまで追いかけて来た自分を、気持ち悪いと思っているのか、それとも怒っているのか。駈流の行動は明らかに「他の男とホテルに入ったのを見て焦った」という雰囲気丸出しだったので、そのことをどう考えているのか気になるところだが、いつもの無表情からは読み取れない。先程から、目も合わせてくれないのだ。

「そ、そういえば、弐くんはお元気ですか？」

「うん、元気元気。最初はお兄ちゃんがいなくてしょんぼりしてたけど、学校にもそろそろ慣れてきたみたいで。あとマメにいっちゃんも連絡くれるし」

「そうですか。今度は皆さんでうちにいらしてください……あの、なにか？」

やけににこにこしている松澤に首を傾げる。松澤はいや、と笑みを深める。

「いっちゃんから聞いてた話の通りだなって」

父親の科白に、澄ました顔でカフェオレを飲んでいた壱の目がかっと開かれる。

「父さ――」

「心配性で、いつもすごく世話してくれるって。ごはんも美味しいって」

「え」

思わず視線を壱へ向ける。壱は楽しげな父親と対照的に、絶望的な表情で固まっていた。

思春期の彼の心情を慮《おもんぱか》れば、身の置き所のない状態だろうと理解できる。けれど、そんな風に父親に話してくれていると知って、駈流は感極まってつい「いっちゃん……！」と声に出してしまった。

ぱっと壱の頬が染まり、彼は己の父親を睨みつける。

「父さん！　余計なこと言うなよ恥ずかしい！」

「余計じゃないだろー。日々の感謝はちゃんと伝えないと！」

駄目だぞ、と小さな子に言い含めるような声音の父親に、壱はぎりぎりと歯を噛みしめながら俯いた。


その後、松澤に「今日泊まっていくんだろ」と問われた壱は、頭を振った。

一緒に帰ると言ってくれて、駈流は心底ほっとする。

電車に乗っている間は一言も口を利《き》かなかった壱は、自宅の最寄り駅から歩いている途中でようやく口を開いた。

「……ごめん」

「なにが？」

本当になにに対する謝罪かわからず問うと、壱は再び口を噤んだ。

むしろ、謝るのは駈流のほうだ。ストーカーよろしく追いかけてきてしまった。

「……飯も、作ってくれてたよな」

「え？　ああ、まあ……でも明日食べてくれればいいよ」

駈流も、先程カフェで食べた軽食で夕食は終わりにすることにした。

明日は土曜日だし、ゆっくり豪華な朝食でもとろうよとおどけて言うが、壱は黙り込んだままだ。

だが視線を落とした壱が、不意に小さく笑う。

「ん、なに？」

「ごめん、今気付いた。足」

足、と復唱して己の足元に視線を落とす。

コートの下は、セーターとデニムである駈流の足元は、合成樹脂製のサンダルというバランスの悪いコーデになっていた。

自身でもたった今気付いた。一気に駈流の顔が熱くなる。

「……慌ててたんだよ」

今の今まで気が付かなかったあたり、相当動揺していたらしいことを自覚した。壱が朝帰りすると宣言したときから、一夜を共にする相手だと勘違いしてしまった彼の父親とお茶をするときまで。

壱はぶすくれた駈流がツボに入ってしまったようで、くすくすと笑い続けていた。ばつの悪さもありつつ、その顔が可愛くてじっと見つめてしまう。

「駈流さん、普段あんなにちゃんとしてるのに」

――あーくそ……可愛いな。

その普段ちゃんとしている人間が、そんなものを振り捨ててしまうほど焦らせたのが自分だと、この子はわかっているのだろうか。

「だから、動揺してたんだよ。――いっちゃんが、他の男のところに行くんじゃないかって」

まるで自分が壱の「男」のような言い方だが、敢えてそう口にした。

壱は笑顔をすっと消して、駈流を見つめる。不思議そうにも戸惑っているようにも見えたその顔貌を、壱は微かに伏せた。

逃がしてあげることも出来ず、駈流は手を伸ばして、壱の手を握る。反射的に強張ったそれを、逃がさないように力を込めた。

幸い、街中より住宅街であるここのほうが暗いのと、人の気配もあまりないので、壱も無理に振りほどこうとはしない。

二人の間に沈黙が落ち、それが破られることもないまま家の玄関まで辿りついた。

すぐに靴を脱いで上がった駈流と違い、壱は逡巡《しゅんじゅん》するようにその場に立っている。

「いっちゃん、荷物置いてお風呂入っておいで。もう用意出来てるから」

壱は顔を上げ、目を瞠る。それから微かに頷いた。

とぼとぼという効果音が聞こえてきそうな様子で二階に上がっていく。

駈流はキッチンへと戻り、壱が風呂に入っている間に、数時間ほったらかしにしてしまった料理を鍋に戻したり、全てラップをかけて冷蔵庫にしまったりした。

洗い物を済ませたところで、壱が浴室から出てくる気配がする。

「いっちゃん」

彼が二階に上がってしまう前に、声をかけた。

タオルで頭を拭きながら、壱が姿を見せる。

「ミルクティー飲む？」

こくりと頷いたのを確認し、「じゃあ、後で部屋に持っていってあげる」と返すと、壱はもう一度首肯《しゅこう》して二階へ上がっていった。

マグカップふたつにミルクティーを作り、駈流は壱の部屋の前で「おーい、開けて」と声をかけた。

数秒の間を置いて、壱がドアを開ける。

「ミルクティーの出前持ってきたよ」

そう言って、駈流は壱の部屋に足を踏み入れた。すれ違いざま、壱が驚いた顔をしたのは見なかったふりをする。

元は姉の部屋だった当時の面影《おもかげ》はなく、すっかり壱の部屋となっている。

壱は、あまり荷物が多くない。引っ越しに際して減らしたのかと思ったが、元々それほど持ち物は多くないようだ。

高校生は制服があるので、私服を多く持たなくてもなんとかなる。とはいえ、部屋には物が少なく少々殺風景なほどだ。

「いっちゃんはゲームとかしないの？」

彼の持ち込んだテレビには、ＤＶＤレコーダーがくっついている。ゲーム機の類《たぐい》はないようで、見る限りポータブルのゲーム機もない。

「引っ越すとき、弟に全部やった」

勉強の邪魔にもなるし、と言いながら、壱がミルクティーを啜《すす》る。

「優しいお兄ちゃんだ」

「……別に、そういうんじゃない」

嫌そうに眉を顰めるのがおかしい。だがこれは、照れているのだろう。

駈流はぐるりと壱の部屋を見渡して、それから壱のベッドの上に腰を下ろした。壱の肩が少し強張ったのは、気のせいではないだろう。けれど、駈流はそのことに気が付かなかったふりをして、あくまでフラットに話しかけた。

「さっきの話だけど」

「え」

「……朝帰りする、っていうから、誰か他の男のところに行くんじゃないかって思った」

駈流の科白に、壱は顔を真っ赤に染めた。これは照れているというより、怒って、傷ついているのだろう。

少し胸が痛んだが、表情を変えずに「焦った」と重ねた。駈流は息を吐き、マグカップをテーブルの上に置く。

「……い」

「ん?」

「言ってない、そんなこと。朝帰りなんて。俺は、今日は泊まってくる、って送った」

「確かにその通りだけど。文脈として然程乖離《さほどかいり》のある解釈だとは思わないけど?」

男は男でも父親だったわけだが、それでもあの状況下であの文章は誤解されても仕方ないはずだ。

こちらの動きを試そうという気持ちが微塵《みじん》もなかった、というわけでもないのだろう。壱は駈流の言葉に頬を紅潮させ、唇を噛む。

それから、引き結んだ唇をゆるゆると解いた。

「……だって、このまま一緒に生活していいのか、わからなくなった。怖かったし、不安だった」

俯く壱の拳が、強く握られる。

「なにが? 俺に襲われると思った?」

「――違う!」

勢いよく顔を上げ、壱が否定する。

その顔が泣きそうに歪んでいるのを見て、いじめすぎたかと反省した。駈流は息を吐き、壱を手招く。

壱は数秒間沈黙した後、マグカップを置いてゆっくりと駈流の前に近付いて来た。座るようにベッドを叩いて促しても、彼はそれ以上動かない。

駈流は、壱の手首を握った。小さく震えているが、指摘はしない。

大人びた見た目をしている壱が、年相応に頼りなく映る。迷い子のようなその風情《ふぜい》を作り出させてしまったのは、きっと、駈流なのだ。

「……俺のこと、苦手？」

壱はゆっくりと頭を振る。

「俺の態度が軽いから、信用出来ない？」

遊びではないか、だから簡単に手を出したのではないか。そう、壱が感じていると思っていた。

駈流なりに核心を衝《つ》いたはずの質問は、またしても首を横に振られたことで否定される。それが意外で、駈流は壱の手首を握る力を少し強めてしまった。

「じゃあ、どうして」

「……最初の日」

ぽつりと壱が呟きを落とす。その声は、少しでも音を立てたら掻き消えそうなほど細かった。

子供の頃、ひっそりと片想いをしていた駈流と一緒に住む、ということになって、嬉しくて会いに来てしまった。声をかけられ「一人で来たの？」と問われ、壱はそれを「同居の挨拶なのに親はどうしたの？」という意味だと思ってしまった。つまり駈流がちゃんと「同居人になる松澤壱」を認識し、話しかけてくれているのだと。

だから、キスをされたときもちゃんと壱だとわかった上でキスをしてくれたのかと思ったそうだ。

壱の告白に、駈流は目を白黒させる。どうも、記憶にあるカフェでの彼と合致しない。そんな確認作業もしていないし、勿論告白だって子供のときはおろか、そのときにだってされた覚えはないのだ。

「待って、いっちゃん。そういう話してないのに、なんでそう思っちゃったの？」

「……あんまりことが上手く運ぶから、そうなのかなって思っちゃったんだよ」

「ええー……？」

思わず怪訝な声を上げた駈流に、壱が眉を寄せた。

「だから、それくらい動揺してたんだよ！　あんたに会えて、浮かれてたんだ！　それに……」

急に口ごもったので「それに？」と水を向けると、壱はぷいと顔を逸らした。

「……記憶の中の駈流さんは、口下手なガキの俺のしたいこととかを察してくれたりする人だったから、わかってくれたのかと……思って」

まずもってその子供の頃の記憶、というのが危ういわけだが、子供はなにかをしたいときに「やりたい！」と騒いでアピールする子もいれば、じっと対象物を凝視するだけの子もいる。

壱は恐らく後者だったのであろう。流石にそういう単純なものと一緒にされては困ってしまう。けれど、それくらい緊張して、駈流のことで頭が一杯だったのだろうと思うと、可愛いやらおかしいやらで、緩みそうになる口元を押さえた。

「じゃあキス、されたかったの？」

駈流の意地悪な質問に、壱はぽっと頬を染める。

「ちが……！　……いや、違わないのかな。そう、思ってたのかも」

キスされてみて、そう思った。

小声ではあるがはっきりと壱が答える。揶揄《からか》ったつもりだったのに真面目に返されて、駈流はベッドの上に倒れ込みそうになった。

それをぐっと堪え、「でも逃げたじゃないか」と反論する。

「だってあれは……駈流さんが、覚えてなかったから」

キスの後、「名前は？」と訊かれて、駈流が壱を「松澤壱」だと気が付いていないことが判明して、壱はひどくショックを受けた。しかも、再会したら、駈流がなにもなかったかのような態度を取るので、合わせたほうがいいのかと思ったのだと、小声で告げられる。

——それはいっちゃんだって同じだと思うんだけど……。

大人げなくも反論しようと思ったが、ちょっとでもつつくと泣かせてしまいそうなので飲み込んだ。

ひとつ息を吐き、摑んでいた壱の手を引く。

「——！」

不意を衝かれた壱は、バランスを崩してこちらに倒れて来た。壱は咄嗟《とっさ》に手を伸ばし、駈流にしがみつく。

はっとして離れようとした壱を、駈流は許さずに両腕で捕まえた。

「暴れないの。大人しくして」

命じるような強さで言い、強引に膝の上に座らせる。十八歳にもなって抱っこされるなんて、といわんばかりの表情で、壱は固まっていた。

「キスまでしておいて、ちゃんと言ってなかった俺が悪いよね。不安にさせてごめん。——好きだよ」

そっと壱の頰を撫で、初めてきちんと告白する。

けれど壱は、嬉しがるでもなく、ただ悲しげな顔をするばかりだ。

この期《ご》に及んで好かれていないのではと思うほど鈍くはないが、どうしてそんな表情を作るのかがわからない。

「……いっちゃん？」

呼びかけに、壱は辛そうに視線を落とす。そして、緩く首を振った。

「そうじゃない」

「そうじゃない、って？」

「駈流さんに遊ばれてるとか、そういう風に不安に思ったわけじゃなくて……」

言いながら、壱がしがみついてくる。甘えるような仕種は可愛いけれど、顔が見えないので、今どんな表情をしているのか読むことが出来ない。

「俺、恋愛経験とか全然ないし、でも駈流さんが好きって気持ち、俺に見せてくれて、嬉しいけどどうしたらいいかわかんねえってときもあって」

でもそうじゃなくて、と壱が呻く。

「だから、一緒にいちゃ駄目だって思って」

意外な言葉に、駈流は身を強張らせた。抱き付いている壱にもそれが伝わったのか、細い背中がびくっと跳ねる。

密着されるのは嬉しいが、ひとまず駈流は壱を引き剝がした。

「いっちゃん、それどういうこと⁉　意味が全然わからない！」

肩を摑んで質すと、壱はその勢いに押されて目を丸くしていた。

男同士だとなにかと世間の風当たりも強いし、よそからお預かりしている息子さんでもあるので、壱が親に隠し事をしたくないというのであれば、説明責任は果たさなければならないとも思う。

そういうのが負担だと言うなら、気にすることはない。

立て板に水のごとく捲《まく》し立《た》てた駈流に、壱は「そんなことじゃない」と強い口調で遮った。

「……そうじゃなくて、だって……」

「だって？」

「……だって、駈流さん、女の人とも付き合えるんだろ？」

「――は⁉」

一体なんの話だと、駈流はつい大声を上げてしまう。

少なくとも、駈流は己の性指向《せいしこう》の話をしたことはないし、壱にキスをしたりしているわけで、ゲイだと認識されるのは納得がいくが、バイに決まっていると判断された理由に心当たりがない。

「だったら、そのうち女の人と結婚したいんじゃないのか。……だって俺、子供の頃からあんたしか見てないし、あんた以外好きになったことないし、あんたが飽《あ》きて俺を捨てても俺ばっかりあんたをずっと好きでいたら、困るだろ⁉」

「待って！　色々嬉しいこと言ってくれたけどちょっと待って！」

遮るように大声を張れば、壱は素直にぴたりと口を閉じた。

「……なんで俺がバイだと思ったの？　俺、ゲイだよ」

端的に否定すると、壱は目を瞠った。

「え、だって……この間友達の人が来てたときに彼女がどうとか」

「そんな話した？　したとしても、それ多分方便だよ」

恐らく「友達の人」とは赤坂のことを指しているのだと思うが、彼は駈流とはご同類であり、駈流の性嗜好も恋愛遍歴《へんれき》も知っている。

「だって、赤坂はいっちゃんのことは知らないじゃない。会ったの二回くらい……？　普通、そんなに面識のない相手の前でゲイですよっていう話あんまりしないと思うよ」

「……は？　じゃあ、彼女って」

「いたことないね。彼氏しか」

正確には、小中学生の頃に無理に女の子と付き合ってみたことがあるのだが、それはカウントしないこととして申告する。

壱は「そうなんだ……」と子供のような顔で呟き、ほっと息を吐いた。

ようやく納得してくれたかとこちらも胸を撫で下ろしたが、壱の顔がすぐに不満げになるのに肝《きも》を冷やす。

「いっちゃん？」

「……でも、彼氏は沢山いたんだろ」

正直なところ、この年になるまでそれなりの人数を相手にはしてきた。

そこを誤魔化してもしょうがないのだが、素直に頷けば壱が悲しむのもわかる。

駈流は壱の頬の輪郭《りんかく》を撫でるようにして、その唇にキスをした。

「……っ、な」

「でも、これからはいっちゃんだけだよ」

ちゅ、と音を立ててもう一度キスをする。

腰を抱いたまま体を捻《ひね》り、ベッドの上に壱を押し倒す。急に視界が回った壱は、今どんな状況なのか、とでも言うように混乱していた。

その顔が可愛くて、駈流は再度唇を重ねる。直前の二回など比べるべくもないほど深く交わらせた。

存分に唇を味わってから、そっと顔を離す。息切れか羞恥か、壱の頬は上気し、目も潤《うる》んで、食べたらおいしそうだなと思った。

「いっちゃん、好きだよ。——俺の恋人になって」

□□

もう一度重なって来た唇に、壱《はじめ》は目を閉じる。

恋人になる、恋人にして、と譫言《うわごと》のように繰り返しながら、伸ばした腕を駈流《かける》の首に絡めてキスを受け止めた。

ぬるんと舌が入って来て、狼狽《ろうばい》しながらも壱は震える唇を開く。駈流は縮こまった壱の舌を絡めて優しい愛撫《あいぶ》を施《ほどこ》した。

「ん、ぁ」

鼻から変な声が抜けて、恥ずかしい。

舌で口蓋《こうがい》を擽《くすぐ》られ、腰がぞくぞくと震える。口の中を弄《いじ》られてそんな風になるとは思わなくて、壱は未知の体験に目を回した。

「んん……」

壱の初めてのキスも、二度目のキスも、全てが駈流とのものになった。

それだけのことなのに、どうしてか胸が苦しい。けれどそれは不快なものではなく、きゅうきゅうと壱の心臓を締め付ける。

「ん……」

ぎし、とベッドの軋《きし》む音が鼓膜に響く。

今日はもしかしたらこのまま、いくところまでいってしまうのかもしれない。

覚悟して身を硬くしていたら、駈流の体が離れて行った。

強く瞑っていた目を開ける。駈流が、優しく壱の頭を撫でていた。

「駈流さん……?」

「――明日は学校も予備校も休み?」

ついにきた。

体を緊張で強張らせながらも、壱は頷く。駈流は「そっか」と目を細めた。

「でも、あまり夜更かししないようにね」

――は?

信じがたい科白を吐いて、駈流は身を起こし、ベッドを降りようとしていた。壱は反射的に手を伸ばし、駈流のセーターの裾《すそ》を摑む。

壱の素早い動きに、駈流が目を丸くして振り返る。

「いっちゃん?」

壱ははっとして、手を離した。けれどそれじゃ意味がないと、もう一度、慌てて駈流のセーターを摑む。伸びるかも、と思ったが、今はそれどころではない。

意図がわからないわけではないのだろう駈流は、苦笑して壱の頭を撫でた。

「あのね、いっちゃん」

「……草食系男子でも気取ってるつもりかよ」

壱の叩いた憎まれ口に、駈流の笑顔に罅《ひび》が入る。それから、「非常に困った」と言わんばかりの顔になった。

「草食男子とかじゃなくて……参ったな」

壱はむっとして、唇を尖らせる。

「あんたが訊いたんだろ、明日……」

言いながら、壱は駈流のセーターを摑んでいた手を離した。そして、自分の部屋着であるパーカーのファスナーを下ろす。

じい、という音がやけに生々しく響いた気がして指先が躊躇したが、最後まで下ろしきって、脱ぎ捨てた。

駈流の視線が、自分に注がれているのがわかる。呆れているのか、それとも――。

「……明日、休みかって」

休みだよ、と震える声でもう一度口にして、壱は中に着ていたTシャツを床に落とした。

そこで、対面から大きな溜息が落ちてくる。

呆れられたのだろうかと不安になって見返すと、駈流は前髪をくしゃりと摑み「ああもう」と吐き捨てるように言った。

身を屈《かが》めた駈流の顔が近付いてくる。露《あらわ》になった壱の鎖骨の少し上に、唇で触れた。

たったそれだけのことだったのに、ぞくっと体が震える。

「……我慢してたんだよ？」

至近距離から見下ろしてくる駈流の表情に、壱はこくりと喉を鳴らした。

いつも通りの優しげな顔が、いつも通り微笑んでいる。それなのに、どこか獰猛《どうもう》な気配を孕《はら》んでいて、身動きが取れなくなった。

意を決して、壱は腕を伸ばす。胸に駈流の顔を押し付けるように抱き寄せて、「いいよ」と答えた。

「しなくていい。……俺が、出来ない」

この心臓の音が、駈流に聞こえるだろうか。

もう、破裂してしまいそうなほど激しく脈打っている。緊張も興奮もあるけれど、駈流が好きだとドキドキ訴《うった》えているのが、聞こえるだろうか。

腕に力を籠めると、不意に視界がぐらんと揺れる。

またベッドに押し倒されたのだと気付いたときには、上に駈流が伸《の》し掛かっていた。そして、眉を寄せながら「俺は駄目な大人だ」と呟く。

「……どこで覚えたんだよ、本当にもう」

少々悔しげに言いながら、駈流がセーターを脱ぎ捨てた。

壱とは違う、ちゃんと厚みのある大人の男の体が晒《さら》され、無意識に喉が鳴る。

「別に、どこでとか、そういうのない。……初めてだし」

全部駈流さんが初めてなんだし、と重ねて言ったら、手で口を塞《ふさ》がれた。

突然のことに驚いていると、駈流が少し怖い顔をして「煽《あお》らない」と言う。

「優しくさせてよね。いっちゃん」

どういうことかわからないが、優しくしてほしいので、壱は素直に頷いた。


すぐに致すと思いきや、駈流は「ちょっと待って」と一言告げ、壱を置いて部屋を出ていってしまった。

乗って来てくれたと思ったのに、まさかこのまま帰ってこないなんてことは——と不安を抱《いだ》いている途中で、すぐに駈流は戻って来る。その手には、ジェルボトルと避妊具《ひにんぐ》が握られていた。「お待たせ」と駈流はにこやかに言い、再度ベッドの上に乗り上げて来るなり、壱のボトムを下着ごと脱がした。

そして、駈流も同様に衣服を全て脱ぎ捨てると、恐らく自室から取って来たのであろうと思われるジェルを、壱の下腹に塗りたくったのだ。

後ろも前もぬるぬるにされ、駈流の指が中に入れられた。

痛くないか、気持ち悪くないか、と辛抱《しんぼう》強く訊きながら、駈流は壱の体を拓《ひら》いていく。

痛くはないが気持ちよくもない。中を指で擦《こす》られるという未知の感覚に、肌が粟立《あわだ》った。むしろ快感を覚えられない自分が悪いのではないかと、不安にもなってくる。

とにかく恥ずかしくてもどかしくて、壱は駈流の胸に頭を摺《す》り寄《よ》せた。

「いっちゃん」

名前を呼ばれて顔を上げると、優しいキスが落ちてくる。

「ん……」

壱はうっとりと目を閉じて、駈流の唇を受け入れた。

キスが深くなり、口の中の感じる部分を彼の舌が優しく撫でていく。鼻にかかった甘えるような声が漏れた。

駈流の体の重みを感じ、キスを受け止めているだけで、まるで風呂に浸《つ》かっているときのような気持ちよさを覚える。

ねだるように駈流の首に腕を回して抱き付けば、指で弄られていた中の部分がじんわりと痺《しび》れてきた。

「ん、ん」

性器を擦るのとは違う、ともすれば別の感覚に掻き消されてしまいそうなそれは、恐らく快感の兆《きざ》しなのだろうとも思う。けれど、それはあまりに淡すぎて、居心地が悪いばかりだ。

無意識に腰をずらす。指がもう一本増やされた。

——どれくらい、するんだろう、これ。

いたたまれないのも勿論だが、時間がかかりすぎているのは自分のせいかもしれない。経験がないから、手間取らせているのだろうか。

面倒くさくなったりしないかと不安になり、下腹に力が入る。指の動きが鈍くなったので、壱は焦った。

「……いっちゃん、ちょっと待って」

キスを解き、駈流が上体を起こす。そして、ボトルから出したジェルローションを再び壱の下肢《かし》に滑《すべ》らせた。

「もう一回」

先程よりも、粘度《ねんど》のある水音が立つ。一旦《いったん》意識するとその音がやけに大きく響いてきて、顔が熱くなった。

唇を引き結んで堪えていると、駈流にぺろりと舐められる。

「っ、な」

「緊張しないで。こういうのはリラックスしてやるものだよ」

「リラックスって、んな無茶な……」

緊張と羞恥からほど遠いアドバイスを受け、壱は苦笑する。駈流は、そうそう笑って、とおどけて、壱の頬にキスをした。

「ん……」

頬から滑るように唇に移動してきたキスは、まるで食らいつくかのように深く交わって来た。激しい咬合《こうごう》をしながら、壱の体は必死で駈流の愛撫を受け入れる。

やがて音を立てて指が引き抜かれ、唇を合わせたまま、駈流が壱の脚を開かせた。散々弄られた場所に、熱いものが押し当てられる気配がする。

「ん、ぅー……っ」

反射的に拒む動きをする場所に、駈流のものがやや強引に押し入ってくる。本能的に逃げる腰をホールドするように抱えられ、駈流がゆっくりと進んできた。

それなりに時間をかけて拓かれていたお陰か、思ったより痛みはない。けれど腹に重石《おもし》を乗せられているような息苦しさに、壱は胸を喘《あえ》がせた。

繋がった部分が引き攣《つ》れるようで、怖い。挿入《そうにゅう》だけでこんなに苦しかったら、セックスなんて出来ないのではないか——そう思うと怖くなって、けれどもし拒んだら振られるのではないかと恐ろしくて、駈流の背中に縋《すが》った。

「……っ、いっちゃん」

入ったよ、という言葉に壱はいつの間にか閉じていた目を開く。

目の前にあった駈流の顔にどきりとして、中に入っているものを締め付けてしまう。ぐ、と駈流が顔を顰《しか》めた。

「ご、ごめん」

「なんでいっちゃんが謝るの。……大丈夫？」

なにが、と問うより先に、駈流は壱の額や目元、頬に優しく何度もキスの雨を降らせる。

壱が苦しそうな顔をしているのに気付いているのだろう、駈流が優しく労《いたわ》るように口づけて来た。

「大丈夫。いきなり突いたりしないから。……馴染むまで待とうね」

「……馴染む、まで？」

そう、と首肯して、駈流は壱の体を抱きしめる。素肌の触れ合う感触を、今更になって心地よく感じ、壱も駈流を抱き返した。

互いの息遣いや匂い、心音を感じているうちに、気持ちが和《やわ》らいでくる。もっと強く抱いて欲しくなって力を籠めれば、駈流が微かに息を詰めた。

余計なところに力が入ってしまったようで、中に入っていた駈流のものが、少し大きくなった気がする。

そろりと視線を上げてみると、駈流はばつの悪そうな顔をしていた。

「駈流さん？」

「……いっちゃん、動いていい？」

いいよね、と勝手に決めて、駈流がゆっくりと腰を揺する。駈流の形に馴染み始めた体は、最初の頃のような苦痛を覚えることはなく、柔らかに受け入れ始めた。

揺さぶられ、息がそれに合わせて途切れることに、壱は「今、駈流さんに抱かれてるんだ」と実感して赤面する。

「いっちゃん、痛くない？」

「ん……、へい、き」

見下ろされながら問われて、壱は控《ひか》えめに頷く。けれど駈流は目敏《めざと》く壱の表情を拾い上げた。

「……本当？」

「ほ、んと」

肯定しているのに、駈流はスピードを落とした。

「俺だけ楽しんだってしょうがないんだから、いっちゃんも、ちゃんと言って」

楽しんでくれてるんだ、と本題とは違うところで浮かれてしまう。ふっと笑ってしまった壱に、駈流は怪訝そうな顔で「いっちゃん？」と迫って来た。観念して、申告する。

「……ごめん、ちょっと痛いっていうか。擦れて引っかかる感じが、する」

駈流が右目を眇《すが》めた。それから、がりがりと頭を掻く。

「あー……ごめん。ゴムしてるからかも」

そういえば、避妊具を持ってきていたのを見た。恐る恐る、結合部分に目を向けると、半分ほど抜けている駈流のものに、確かに避妊具が着けられている。

――いつ着けたんだ……? 全然気付かなかった。

ジェルも多いし、アレルギーの心配もいらないものだし、と言った駈流の言葉の意味はわからなかったが、それよりも、折角繋がったと思ったのに、一枚余計なものがあると知って高揚《こうよう》していた気持ちが萎《しお》れる。

壱は駈流の胸を指でかりかりと掻き、「あの」と呼んだ。

「それ、取って」

壱が請《こ》うと、駈流が真顔で硬直した。ぎしり、と錆《さ》びたロボットが停止するような動きに、壱は首を傾げる。

「それ……って」

「ゴム、取って。それやだ」

壱の要請に、駈流は渋い顔をして「あのね」と口を開いた。

「一応、男同士でも意味はあってね」

「でもやだ。……駈流さんの、直接がいい」

繋がっている感じがしない。だから嫌だ。

駈流は大きく咳払《せきばら》いをして、なにか堪えるような表情を浮かべる。

「――俺は本当に、駄目な大人だ」

そう言うなり、駈流は壱から離れた。ずるりと勢いよく引き抜かれ、壱は小さく悲鳴を上げる。

「ごめんね、いっちゃん」

駈流はすぐに壱の脚を抱え直し、もう一度同じ場所に己の熱を捻《ね》じ込《こ》んできた。

「あっ……んん……っ！」

最初の感覚を思い出し、咄嗟に身構える。

けれど、それは思った以上に易々《やすやす》と、体の中に入って来た。

「っ――！」

慣らされていた分もあるだろうが、先程と全然違う感覚に、壱は息を詰める。感触が、温度が、違う。

――なんだこれ……⁉　やばい……！

明確に「快楽」が押し寄せて来て、その中に飲み込まれ、どぼんと浸った感じがした。

「いっちゃん……？」

しがみついた姿勢のまま固まる壱の背中を、駈流が労るように撫でる。

「――っ、あ！」

明らかにそれとわかる嬌声《きょうせい》を上げてしまい、互いに固まるのがわかった。

恥ずかしい、そう思う頭とは逆に、体が駈流を求める。繋がった部分からじわじわと広がってくる快感に、壱は震えた。

駈流から微かに喉を鳴らす音が聞こえ、背中を撫でていた手が力強く壱の体を抱きしめてくる。

「……いっちゃん」

「っ、あ……あっ、あっ?」

中を擦られると、今まで味わったことのないものが押し寄せてくる。無意識に体は逃げたが、駈流の両腕に捕らわれて適わない。

「ぅあ、っあ……」

声を上擦らせ、壱は駈流にしがみつく。駈流は壱自身ですら知らなかった壱の体の弱い部分を暴いていった。

浅い部分を擦られているときは、そこが一番感じると思っていたのに、奥まで嵌めて腰を回されると、違った快楽に喘がされる。

ぎりぎりまで引き抜かれ、また入れられて、浅く深く何度も穿たれた。駈流のものを咥える、濡れて柔らかくなった部分が溶けるんじゃないかと、壱は怖くなる。

首筋を吸われながら中を掻き混ぜられると、不安にも似た気持ちよさに襲われて、堪らずに泣き声を上げた。

「あ……っ、やだ、やっ」

いやだ、と涙を滲ませた壱に、優しく突き上げながら駈流が頬を撫でてくる。

「嫌？　嫌ならやめるよ、いっちゃん」

「っ……」

そう言われて、壱の体は縋るように駈流のものを締め付けた。壱自身も、急に突き放すようなことを言われて悲しくなる。

「いっちゃんの嫌がることは、しないよ」

「あっ……あっ」

ゆっくりと引き抜かれて、名残惜しそうな嬌声を上げてしまう。壱は咄嗟に腕を伸ばし、駈流を引き止めた。

「やだ……やめないで、駈流さん……っ」

「っ、……うん、いっちゃん。可愛い」

小さく笑う気配がして、駈流は再度、壱の中に入ってくる。時間を追うごとに感度が上がっていくように、益々体が昂っていった。

「う、んっ……あっ、あぁ」

軽く腰を揺すられるだけで、あられもない声が上がる。

「いっちゃん」

とんとんと背中を軽く叩かれた後、駈流に肩を摑まれて後方に引っ張られた。堪え切れず、かくんと後ろに倒れた壱を、駈流が支える。

浅くなっていた呼吸の合間に、壱は駈流を呼んだ。

「っ……かける、さん……、駈流さんっ」

「ん……？」

駈流が、自分の唇をぺろりと舐める。微かに覗いた舌の赤さがいやに官能的で、何故か涙が滲んだ。ゆるく頭を振って、やばい、と訴える。

「どうしよ……さっきと、全然違う。俺、気持ちいい……」

薄いゴムが一枚ないだけで、ここまで違うとは思わなかった。

もしかしたら自分の体は本当に変なのかもしれない、という不安と、異様に感じている自分に、怖くなる。

はあはあと呼吸を荒らげながら、壱は駈流に縋《すが》った。

「どうしよ、気持ちい……――っ⁉」

突然キスで口を塞がれ、その勢いでシーツに背を付ける羽目になる。

駈流の両腕にしっかり抱き寄せられ、唇を塞がれたまま、激しく体を揺さぶられた。

「んっ⁉　ん、んんーっ‼」

ベッドが揺れ、軋むくらいなのに、壱の体は痛みを訴えるどころか感じて震える。

そう時間も経《た》たないうちに、腰がふわっと浮くような感覚が走った。

「っ……ん、む」

そのまま空中へ引っ張り上げられるような気がして、壱は駈流の腰に足を絡めた。けれどその感覚が途切れることはなくて、壱は堪えることも出来ないまま高みへと上り詰める。

「――……っ！」

びくん、と一際《ひときわ》大きく腰が跳ね、自分と駈流の腹の間で擦れていたものから、精液が零《こぼ》れる感触がした。もう駈流は動きを止めているのに、壱の下肢《かし》は勝手にがくがくと震えている。

強い快楽の波が去った頃、全身の力が抜け、壱はシーツの上に四肢を投げ出す。そのタイミングで、塞がれていた唇もようやく解放された。

大きく息を吸い、吐く。目を開けると、近くに駈流の顔があった。

「……死ぬかと、思っ」

またキスで遮られ、最後まで言わせてもらえない。

今度はすぐに唇を解いた駈流は「……いっちゃん、これ以上俺を煽ってどうする気」とわけのわからないことを言って叱《しか》った。

少し冷静になった頭で考えたら、今しがた放ったのも相当な科白だと思う。口を塞がれて物理的に死ぬかと思ったという意味合いのつもりだったが、それは言わないでおいた。改めて思うと、どっちでも変わらなかったことに気が付いたからだ。

ちゅ、と目尻にキスをした後、駈流は壱の腰を再び抱え直した。そして、彼がまだ達していないことに気付く。

「え、待って……俺まだ」

「ごめん。すぐ終わらせるから」

あと少しでいいから休ませてと訴えているのに、駈流は腰を揺すり始めた。先程までの激しさはなくほっとしたものの、一度達して敏感になっているせいで、常に絶頂感が体に纏いつく。

「あっ……、あ、あ」

しかも今度は唇を塞がれていないので、自分自身ですら聞いたこともない喘《あえ》ぎが口から漏れた。息苦しさはないが、これはこれで困る。

「待って、駈流さん……っ、待っ、あっ、駄目っ」

「ごめんね、無理だ」

断る声は、本当に余裕がない。壱の中にある熱くて硬いものが、先程までよりも大きくなっている気がした。

腰は引けるけれど、力の抜けた壱の体は拒むこともできず、翻弄される。煽られるまま変な声を出している自覚はあったが、自分ではもう止められない。

「っ……」

無意識に閉じていた目を開くと、涙でぼやけた視界の向こうに、駈流の顔があった。うっすら汗ばみ、上気した頬が色っぽくて、彼が壱で気持ちよくなってくれているのだとわかる。

——嬉しい……、好き。

好き、と胸の中で繰り返して、壱は目を閉じた。

「いっちゃん、いっちゃん」

終わりが近いのか、徐々に駈流の動きが激しくなってくる。少し乱暴なくらいに揺すられ始めると、壱はシーツを握った。痛いわけではない。まったくの逆で、これ以上みっともない声を上げないように必死に堪える。

「いっちゃん……好き、だよ」

「ん、んっ」

動きとは裏腹に優しく甘い声で囁かれ、胸と下腹が疼《うず》く。また、体の奥からぞくぞくと這《は》いあがってくるものを感じて、少し怖くなった。これ以上されたら、自分がどんな痴態《ちたい》を演じるのかわからなくて、不安になる。

いいからもう早くいってくれ、と心の中で叫びながら、何度も降ってくる「好き」の言葉に頷いた。

そんな壱の頬を撫で、駈流がひどく愛《いと》おしいものを見るように目を細める。

「好き。……好きだよ、壱」

「――っ」

いっちゃん、ではなく初めて「壱」と名前で呼ばれ、背筋を電気のようなものが走っていった。

自らの意思ではなく、びくっと体が竦《すく》む。

「あっ、あ、あ、ぁ……!?」

「ちょ、えっ待っ――」

待って、と駈流が言うが早いか、壱は再び達していた。今までよりも強烈なそれに、一瞬なにが起こったのか理解出来ない。

「っ……、……?」

目をぱちぱちと瞬かせ、状況が把握《はあく》出来ないまま、気が付いたら中で出されていた熱いものの感触に声もなく身悶《みもだ》える。

壱の上で身を震わせていた駈流が、大きく息を吐いた。荒い呼吸を繰り返し、喉を鳴らす。

「く……っそ、持っていかれた……」

心底悔しげに言いながら、駈流が壱の上に重なってくる。

その重みを受け止めながら、壱は意識を失うように眠りについた。

■

朝陽の下、腕の中で眠る壱《はじめ》を見ながら、駈流《かける》はでれっと相好《そうごう》を崩す。

この数日、もしかしたら眠れていなかったのかもしれない。駈流の腕の中で、かくんと気絶してしまった壱は、体を拭いて、後始末をしている間、まったく起きる気配を見せなかった。

端整な顔立ちは、眠っていると少しだけあどけなさが滲む。けれど、その顔が子供では到底作れないほど官能に染まるのを、駈流は昨晩見たし、堪能した。

そして、それを見ることが出来るのは自分だけだと、優越感に浸る。

「……あんまり優しく出来なくて、ごめんね」

ちゅっと額にキスをすると、むずかるようにしながら、胸元に顔を埋めてくる。

相手は初めてなのだから優しくしようと思っていたのに、つい夢中になってしまった。

壱はあまり感情表現が得意ではないが、一緒にいて、行動が意外と雄弁だということはもうわかっていた。

——まさか、ベッドの上では素直だとは……。

思わぬ誤算だった。

だがそれゆえに、慣れぬ壱の甘えっぷりは自分の理性を焼き切るほど威力が大きく、年上の余裕など一切見せることが出来なかった。

端的に言えば、物慣れぬ年下の恋人を貪《むさぼ》ってしまった。

——それに……。

愛情を持って、愛情の表れとしてあだ名で呼んでいたが、ちゃんと名前で呼ぶだけであんなに喜んでくれるとは思わなかった。感情が態度に出る性質だからだろうか、それが体に直結してしまうとは。

戸惑いながら達する壱は、ひたすらに可愛かった。

爽《さわ》やかな朝に邪なことを考える己を少々反省しつつ、駈流は壱の髪を撫でる。

——起きたら、一緒にお風呂に入ろうかな。

昨晩は疲れさせたので、きっと腹も空いているだろう。本来夕飯にするはずだったメニューなので朝にしては重めだろうが、きっと壱は喜んで食べてくれる。

「……早く、起きないかなあ……?」

まだ夢の中にいる恋人を抱き寄せ、駈流はその髪にキスをした。

バレンタイン警報

一人用の土鍋《どなべ》に、さっと水洗いした市販の玉うどんと、うどんつゆを入れる。うどんつゆは、鰹節《かつおぶし》と昆布《こんぶ》でとった出汁《だし》に、みりんと醤油《しゅうゆ》で甘辛《あまから》く味をつけた。その上に椎茸《しいたけ》、油揚《あぶらあ》げ、長ネギ、かまぼこ、茹《ゆ》でたほうれん草、鶏肉《とりにく》を散らして火にかける。

寒い中、腹を空《す》かせて帰ってくる受験生の恋人のための、霧島駈流《きりしまかける》特製、本日の「受験飯」だ。

予備校帰りの彼――松澤壱《まつざわはじめ》から、駅についたと連絡があったのは、つい数分前のことだった。駅から自宅までは、壱の足で七分ほどかかる。麺《めん》は固めが好きだという壱だが、うどんは柔《やわ》らかく煮込んだものが好きらしいので、少し長めに火を通すのだ。

――早く帰っておいで。

丁寧《ていねい》に灰汁《あく》を取って蓋《ふた》をすると、丁度《ちょうど》玄関のドアが開く音がした。それから間もなく、壱がリビングに顔を見せる。冬の風にあてられた鼻や頬が、真っ赤になっていた。

「ただいま」

「おかえり、シャワー浴びといで」

こくりと頷き、壱はリビングのドアを閉めた。そのまま浴室へと直行する。

本当は風呂に浸《つ》かってゆっくりして欲しいところだが、中で眠ってしまったら風邪を引くし、湯上がりはどうしても薄着になりがちで湯冷めしそうだから、という理由で、壱は最近シャワーのみを使っている。ならばせめて温かいものを食べてもらおうと、駈流はこのところ土鍋を駆使して夜食を作っていた。

——大事な時期だから、風邪だけは引かせないようにしないとなー。

もう二月に入り、試験日まであとわずかだ。インフルエンザなども流行しだすので、十分に気遣《きづか》わねばならない。

明日はなにを作ろうか、と思案していると、浴室から壱が出てくる気配がした。その音を聞いて土鍋の蓋を開けて卵を落とし、また蓋を閉める。

数分後、壱が二階へあがっていく足音が聞こえるのとともに、火を止めた。トレイの上に鍋敷きを用意し、その上に土鍋を置く。

箸《はし》とお茶を添えて、駈流も二階へと上がった。

「いっちゃん、開けてー」

両手が塞《ふさ》がっているので、ドアの前で壱に呼びかける。すぐにドアが開いた。

中から、スウェット姿の壱が出てくる。シャワーを浴びたおかげで、肌《はだ》がほんのりピンク色になっていた。シャンプーやボディソープは、駈流と同じものを使っているはずなのに、壱からふわりと香ってくる匂《にお》いは、ひどく甘く感じる。

「……お疲れ様、はい夜食」

「ありがとう、駈流さん。……すっげえいい匂い」

壱はトレイを受け取り、すん、と鼻を鳴らして匂いを嗅《か》ぐ。うまそう、と頬を緩《ゆる》めたその顔が、キスしたくなるほどに可愛《かわい》い。

壱は、黙って同級生に交じっていると、クールで少し大人びた印象があるようなのだが、駈流にとってはまだあどけなさの残るとても可愛らしい恋人だ。特に、食事を与えると目をきらきらさせて、非常に愛らしい。周囲からは「無表情」などと言われているようだが。

むらっと、腹の奥から邪《よこしま》な気持ちが湧いて出てきたが、大人の理性と笑顔で無理矢理押し込める。

——相手は高校生。そして受験生。そんな場合じゃない。

壱とは数ヵ月前に恋人になり、一度だけ体を重ねた。けれど、それ以降は殆《ほとん》どしていない。キス以上のことをしたのはクリスマスのみで、そのときでさえ、翌日から予備校の冬期講習があったので、触るだけにとどめた。

——今はなによりいっちゃんの体調管理だ。

体調を崩させるわけにはいかない。そして、できる限りサポートしてあげたい。本当なら予備校まで毎日迎えに行きたいところだったが、それは流石《さすが》に断られてしまった。せめて、ということで夜食作りで応援している。

「じゃあ、勉強頑張ってね」

なるべく勉強の邪魔にならないようにと、さっさと退散することにする。

だが、壱が「あ」と寂しげな顔をしたので、一歩後退した足を戻した。

「あの……駈流さん今忙しい？」

「俺は全然忙しくないよ」

「じゃあ、少し……話さない？　あの、忙しいならほんとに、いいんだけど」

勿論《もちろん》断る理由などないので、にっこり笑って壱の部屋に入れてもらう。彼から連絡がきた時点でエアコンを入れていたので、十分暖かくなっていた。

相変わらずシンプルな部屋だが、机の上は参考書やノートが重なっている。それを掻《か》き分《わ》けて、壱はトレイを置いた。

駈流は、机の傍《かたわ》らにある小さめの二人掛けのソファに腰を下ろす。

「食べていいよ。冷めないうちにどうぞ」

「え、あ、うん」

いただきます、と手を合わせて壱は土鍋の蓋を開ける。ふわっと立ち上った湯気とともに、醤油と出汁の香りが部屋に広がった。落とした卵は、丁度良く火が通っている。出汁色に染まった白身、そしてうっすらと表面が白くなった黄身に、壱の視線が釘付《くぎづ》けになっていた。

壱がうどんを箸《はし》で掬《すく》い、口に運ぶ。相変わらず熱いのは得意なようで、うどんは冷まされることもなくつるつると口の中に入っていく。咀嚼《そしゃく》するその顔が幸せそうで、おいしそうに食べてくれる恋人を、ついじっくりと眺めてしまった。

こちらの視線に気づいたらしく、うどんに夢中になっていた壱がはっとする。

「ごめん、話そうって誘ったの俺なのに」

「いいよ。おいしそうに食べてもらえるの嬉しいし、ゆっくり食べな」

「ん」

話さなくたって、一緒にいられればそれで充分、満足なのだ。同じ家にいても、勉強中は邪魔できないので、一緒にいる時間は以前より各段に減っている。今は夕方から予備校で勉強をしており、夕食すらも同じ時間に食べられないこともままあった。

だからこうして壱が食べているのを見るだけでも駈流は嬉しい。

そしてあっという間にうどんを平らげて、壱は「ごちそうさまでした！」と手を合わせた。

「おそまつさま。じゃあ、片付けるね、これ」

トレイを手に取ろうと立ち上がると、壱が「あっ」と声を上げて駈流の服を摑んだ。

「ん？　どうしたの、いっちゃん」

「待って。あの……まだ、いいじゃん。話そうよ、駈流さん」

「そうだね」

こちらが立ち上がっているせいか、上目遣《うわめづか》いになっている壱の可愛さに抗うことなどできず、ソファに座り直した。先程は分別よく「なるべく勉強の邪魔をしないように」などと思っていたのに、心の中であっさりと撤回《てっかい》する。

目が合ったので微笑みかけると、壱は少し居心地悪そうにしながら、勉強机の回転椅子に座ったまま体をこちらに向けた。

「……駈流さん、いつも夜食ありがと」

「いいえ、どういたしまして」

「仕事とか忙しくない？　大丈夫？」

「大丈夫だよ。今は。まだ二月だしね」

実際今は繁忙期と呼ばれる時期にあたるのだが、それでも予備校へ寄って来る壱よりは帰宅が早い。恐らく夜食だけでなく家事を駈流に任せっぱなしなのを気にしているのだろう。

いつもはきりりとした眉《まゆ》が頼りなく下がるのを見て、駈流は腰を上げて彼の頭を撫《な》でた。

「いっちゃんは受験生なんだから、そんなこと気にしないの。それに、俺は家事が趣味だからね、仕事が忙しくても、やってて楽しいんだよ」

他に趣味もないし、作った料理を食べて喜んでくれたり、洗濯物《せんたくもの》を渡せばちゃんとありがとうと言ってくれる恋人がいるので家事はまったく苦にならない。

壱は半信半疑と言った様子だったが、そっか、とだけ口にした。

「いっちゃんは調子どう？」

「うん。一応模試でA判定出てるし……あとは大崩れしないようにって感じ」

「お、凄《すご》い。あと少しだから頑張って」

ん、と短く応《こた》えて頷く。会話が途切れたのを見計らって、駈流は頭を撫でていた手を離した。

「じゃあ、切りのいいところで寝るんだよ」

「っ、駈流さん！」

壱は駈流の服を再び摑み、自分も立ち上がった。頰を紅潮させて駈流を見上げる。少し震えているのは、緊張しているのかもしれない。形のいい唇が、もの言いたげに動く。

「あの、……頑張るから、ええと、その——」

駈流は壱が言い終える前にその細い腰に腕を回し、抱き寄せた。微《かす》かに強張《こわば》った唇にキスをする。

驚いたのか、んく、と小さく喉を鳴らす壱の様子が可愛くて、駈流は揶揄《からか》うように軽く舌を差し込んだ。食べたばかりの出汁の味がする。

腕の中の痩軀《そうく》は微かに戸惑いを見せて震えたが、すぐに身を委《ゆだ》ねてくる。躊躇《ためら》いながらも求めに応じる恋人の様子に、駈流は深追いしたい気持ちを堪《こら》え、唇を離した。

閉じられていた壱の目がそっと開かれる。視線が交わると、恥ずかしげに伏《ふ》せられた。濡れた彼の唇を、親指で拭《ぬぐ》ってやる。

「ごめん、手出しちゃった」

あくまでも軽い調子で言うと、壱が真っ赤になる。そして、消え入りそうな声で「違うだろ」と言った。

「……俺が、してほしいって言おうとしたから……」

で、耳が真っ赤だ。

俯《うつむ》き、ごにょごにょと紡《つむ》がれた科白《セリフ》は、そのままフェイドアウトしていく。照れているせい

——あー……むしゃぶりつきたい。

勿論、誘われているのはわかったが、最後まで聞かずに手を出してしまったのは駈流だ。

——……泣かせたい。

恥じらう壱を抱き上げてベッドに押し倒して唇以外にもキスしたい。裸に剝《む》いて、泣くまで撫でまわしたい。——そんな衝動を理性を駆使して抑え込み、駈流は余裕のある大人を装って、壱の頰に唇を寄せた。

「試験、頑張って」

名残惜《なごりお》しい気持ちをどうにか彼方《かなた》へとぶん投げて、身を離す。壱はドアのところまで見送りに来た。

「あの、ありがとう」

「ん？　いいよ、だから家事のことは気にしなくて」

「そうじゃなくて。……駈流さんとちょっと話できて、嬉しかった」

「うん、俺も」

壱はそっと視線を横に逸《そ》らした。微かに伏せられた長い睫毛《まつげ》が、うっすらと頰に陰《かげ》を作る。

「……一緒にいられるだけで、嬉しいから」

そんなことを消え入りそうな声で呟き、壱は「おやすみ！」とドアを閉めた。

閉まったドアを眺め、駈流はぽかんとする。

「はは……」

小さく笑い、口元を手で押さえる。

――一緒にいられるだけで嬉しい、か。

ドアを閉めてくれてよかった。あと一秒遅かったら、本当に壱を押し倒してしまったかもしれない。大事な時期だというのに。

あぶないあぶない、と頭を掻《か》いて、駈流は階下に降りる。

――……俺が高校生のときなんて、やりたい盛りだったけどなあ。

今は受験勉強でそれどころではないのだろう、壱は欲求不満という雰囲気は一切ない。

自分よりよほど理性的な年下の恋人に手を出してしまった罪悪感とも優越感とも思える不思議な感覚に襲われつつ、駈流は苦笑した。


本命大学の試験当日、なんとか平常通り壱を送り出した駈流だったが、その実、自分の受験のときよりよほど緊張し、狼狽《ろうばい》していた。

会社には同じく子供が受験日で落ち着かない、という上司や同僚もいて、駈流も同じように、無意味に時計を確認してしまう。事情を知っている同僚の赤坂《あかさか》からは、「可愛いダーリンの一大事、落ち着かないねえ」と揶揄《やゆ》されてしまった。

業務はいつも通りこなしていたが、やはり壱の受験で頭がいっぱいだったのだろう、昼休みに同僚の女性たちからチョコレートをもらって、今日がバレンタインデーだと気が付いたほどだった。

それなりにイベントデーは大事にしているタイプだったが、駈流の頭から完全にすっぽ抜けていた。当然、壱へ渡すチョコレートの準備などできていない。付き合って最初のバレンタインデーだというのに、なんの用意もしていなかった。

仕事を終えて帰宅すると、その日は壱が出迎えてくれた。

「おかえり」

もう受験を終えたのだから、これからは当然壱のほうが帰りは早くなる。

前の日から、「受験お疲れ様用」の料理は準備していたのだが、バレンタインデーのことはすっかり頭から抜け落ちていたので、渡せるものはなにもない。今から仕込めるものならそうしようと思ったが、壱も腹が減っているだろうし、どうも無理そうだ。

「……ただいま、いっちゃん。どうだった？」

「んー、多分大丈夫だと思う。予備校で自己採点してきたけど、なにか大きなミスしてない限りいけるはず」

A判定はもらっている、とは前々からの話だったが、取《と》り敢《あ》えず無事に本番も済んだようでほっとする。

「そっか。お疲れ様。今、ごはんの用意するからね。今日はお疲れ様的な意味でごちそうだよー……あ」

リビングへ向かうと、ダイニングテーブルの上に可愛らしい色味の紙袋がいくつも置かれていてぎくりとする。

——……おいおい、何人の女の子からもらってきたんだ、いっちゃん。

内心の動揺を押し隠しながら、駈流はその横に今日自分が持ち帰ったチョコレート入りの紙袋を置いた。

「すごいね、いっちゃん。これ全部もらったの?」

リビングのソファに座っていた壱は、一度こちらを見てから興味なさそうにテレビに向き直る。

「うん。試験会場で同じ学校の女子からと、あと予備校でももらった」

「へー、すごいね。沢山もらったんだ……手作りもありそうだね」

ちらりと覗いた印象としては、どうやら本命が沢山ありそうだ。

——くっそー……受験生なんだから、受験当日にバレンタインとか悠長にしてる場合じゃないだろ、お嬢《じょう》さんがた。

恋人である自分が、壱の受験にハラハラしていたとはいえすっかり忘れてしまっていたのに、恋敵《こいがたき》である女の子たちのほうがしっかり覚えていたという事実にちょっとした敗北感を覚える。

どうしてやろうか、と思う嫉妬心《しっとしん》を隠しつつ、駈流は壱を振り返った。

「いっちゃん、今日もらったチョコ、俺が預かっておいてもいい？」

「え？」

壱がソファで膝を抱《かか》えたまま、こちらを見やる。

「今日が本命の大学だったけど、まだ試験はあるでしょ？　申し訳ないけど、手作りのものはやめておこうね」

既製品ならともかく、素人の手作りなどを食べて万が一、なにかがあったら大変だ。

実際その気持ちに嘘はないがそれが建前だという自覚もある。そういう理由ならば、本当は既製品のチョコレートまで取り上げる必要はない。

そこを突かれたらどうしようかと内心どきどきしている駈流をよそに、壱はまるで興味がないのか、テレビに視線を戻して「うん」と言った。

「別にどうでもいい」

「そ、じゃあ預かっておくね」

駈流は自分が受け取ったチョコレートを入れていた大きな紙袋に、壱がもらってきたチョコレートを無造作に突っ込んでいく。

親切面《づら》をして、大人げない嫉妬をしている。頭ではわかっているものの、「恋愛に年齢なんて関係あるか」と開き直り、駈流は戸棚の中にチョコレートを押し込んだ。

□□

戸棚にチョコレートをしまう駈流《かける》の後ろ姿を眺めながら、壱《はじめ》は小さく息を吐く。そして、テレビに向き直り、ソファの上で膝を抱えなおした。

――……ちょっと期待して、馬鹿みたいだ。最悪。

やらなきゃよかった、と後悔に襲われる。

壱は、試験当日である今日がバレンタインデーであることを、すっかり忘れていた。ずっと受験勉強ばかりでそれどころではなかった。

受験会場に行き、同じ大学を受ける女子たちからもらって思い出したほどだ。

そして、帰りに立ち寄った予備校でもいくつか渡されてしまい、ちょっとした悪戯心《いたずらごころ》が湧いたというか、試してみようと思い立った。

壱が女の子からチョコレートをもらったと知ったら、駈流はどんな顔をするだろう。

そんなことを考え、いつもなら断るバレンタインデーのチョコレートを受け取ってしまった。

だが、結果として、駈流は涼しい顔で、こちらの腹の具合の心配までしてくれる始末だ。顔色ひとつ、変えなかった。

――駈流さん、大人だもんな。そもそもバレンタインデーなんて、子供のイベントだって、意識もしてなさそう。

なにより、壱などよりもよほど沢山チョコレートをもらってきているようだ。大きな紙袋を抱えて帰ってきたので、壱のほうがむっとしてしまった。

嫉妬をさせるつもりが、自分がしているのでは世話がない。

――あーもう……すっげえ恥ずかしい……。

叫び出して、床の上を転がりたい衝動を抱えつつ、壱はテレビを睨《にら》むように見つめる。

そもそも、駈流と壱はお付き合いをしているわけで、バレンタインデーのチョコレート程度で嫉妬などするほうがおかしいのかもしれない。しかも、どうせ壱がもらうものなんて殆どが「義理チョコ」だ。

だが、一方で駈流が会社から持ち帰ったチョコレートの存在を余裕で受け流すなんてできない。こんなに嫉妬してしまっている。

きっと、高校生同士でやりとりするよりも、豪華で大人なチョコレートに違いない。父親は毎年「義理チョコ」をもらってきていたが、駈流は独身だし、美形だし、優しいので、義理だけであるはずがない。

嫉妬で貧乏ゆすりのように足を揺らしていたら、「いっちゃん」と声をかけられた。

「今日ちらし寿司《ずし》にしようと思ってたんだけど、他になにか食べたいものある？」

その一言に、尖《とが》っていた気持ちが和《やわ》らぐ。毎日食べさせてもらっているが、駈流の作るごはんはおいしい。

「……駈流さんの作るものならなんでも好き」

リクエストするよりも「今日のごはんはなんだろう？」と待つほうが、わくわくする。

だが、メニューに迷っているときはそれでは困るのだろう、駈流が苦笑した。

「ありがと。うーん……汁物は醬油味と味噌味《みそあじ》どっちがいい？」

「じゃあ、味噌」

「了解。メインが冷たいから、副菜はあったかいのにしようね」

「あ、手伝う」

ソファから腰を上げた壱に、駈流はありがとう、と優しく目を細めた。

前までは、手伝うと言っても「受験生だから気にしないでいいよ」と言ってくれていたが、今日でほぼひと段落ということで、断らなかったのだろう。

駈流に任せっぱなしなのを心苦しく思っていて、そんな壱の気持ちをきちんと汲《く》んでくれてはいたのだ。

「じゃあ、俺はこっちで酢飯《すめし》作るから、いっちゃんは材料をさいの目に切っていってくれる？一センチ角くらいで」

「ん、わかった」

手伝うとは言うものの、壱は大して戦力にはならない。だが、材料を切るくらいのことはできる。

駈流は会社帰りに買ってきたと思われるサーモン、マグロの刺し身のサクをまな板の前に置いた。手を洗って、壱は包丁を握る。

「一センチ……一センチ……」

壱が慎重《しんちょう》に材料を切っている間に、生食用の帆立《ほたて》、胡瓜《きゅうり》、いつの間にか焼いていていたらしい卵焼きも置かれていた。大きさを揃《そろ》えて、全て小さく刻んでいく。

全て材料を切り終わる頃には、駈流は酢飯の他に、なめこの味噌汁、揚げ出し豆腐、ピーマンとじゃこの和《あ》え物《もの》などを作り終えていた。

駈流のあまりの手際の良さに、自分はひょっとしたら足手まといだったのでは、と少々不安になる。

「あ、終わった？　うん、上手上手《じょうず》」

そう言いながら、くすっと駈流が笑う。

「……なんか馬鹿にしてる？」

実際時間もかかってしまい、難易度が高いわけでもない仕事をまるで小さな子供に言うように褒《ほ》められると流石にいたたまれない。

だが駈流は、きょとんと首を傾《かし》げた。

「してないよ？　大きさが均一で、いっちゃんっぽいなって思っただけ」

そう言いながら、駈流は寿司桶《おけ》に作った酢飯を大皿に移した。そして、壱の切った材料を上に盛り付けていく。それから、別に茹《ゆ》でていたらしい海老《えび》と、いくらの醤油漬《づ》けを飾るように散らした。いくらが入ると、綺麗というか、ぐっと豪華に見える。

「ごちそうとか言った割に、手軽でごめんね」

「全然！　おいしそう」

腹減った、と訴《うった》えると、駈流は「じゃあごはんにしようか」と笑った。

「お願い。あ、そうだ。いっちゃん、ジンジャーエール好き？」

「俺、料理運ぶ」

「うん、好きだけど」

「よかった。実はお客さんから、お土産《みやげ》にもらってさ」

お土産にジンジャーエール？　と疑問に思いながらもダイニングテーブルに料理を運び、椅子に座って待っていると、駈流はグラスに注いだジンジャーエールを手に戻ってくる。テーブルの中央にグラスを置いて、駈流も腰を下ろした。

「じゃあ、食べようか」

「いただきまーす！」

手を合わせて箸を取った。まずは味噌汁に口を付ける。

「うまい。なめこ好き」

「よかった。まだおかわりあるからね」

うん、と頷いて、壱はグラスを手に取る。一口飲むと、馴染みのあるジンジャーエールよりも、舌にぴりっとくる辛《から》さがあった。すっきりとした甘さで、生姜《しょうが》の香りも強く、パンチのある味だ。

「ん。これうまい」

壱の言葉を受けて、駈流もグラスに口を付ける。

「うん、本当だ。辛くて美味しい。なんかね、高知のお土産なんだって」

ご当地ジンジャーエールとでも言うのだろうか、そう聞くと確かにお土産向きな気がする。

食事中にジュースはどうかと思ったが、違和感はなく、寧《むし》ろ食欲の出る飲み物だ。

喉を潤《うるお》してから、メインのちらし寿司に手を伸ばす。銘々皿《めいめいざら》に取り分けて、小さく切られた材料を口の中に入れたら、「おいしい」がいっぱいに襲ってきた。

無言のままもぐもぐと頬張って噛み締めていると、先程までバレンタインデーのチョコレートでもやもやとしていた気持ちが払拭《ふっしょく》されていく。我ながら現金だな、と内心で苦笑した。

かといって嫉妬の気持ちはなくなるわけではないのだが、少し気分は落ち着いた。

「いっちゃん、そんなに食べて太らないの狡《ずる》いなー」

「……そう？」

既に何回目のお代わりかわからないちらし寿司をよそいながら、壱は目を瞬《しばたた》く。

「そうだよ。朝昼晩、更に夜食も食べてて全然だもんね。俺らのときなんてさ、部活やめるだろ？　でも食欲は変わらないから、みんな大概《たいがい》太ってたなー。卒業式に制服ぱつぱつになってるやつとかいてさ」

そう言われて考えてみると、友人たちは軒並《のきな》み太った気がする。彼らは正月太りだと言っていたけれど、ひたすら餅《もち》を食べまくった壱は、体重にまったく変動がなかった。勿論、食欲も旺盛《おうせい》なままだ。

「……一応、気分転換に筋トレとかしてるけど」

「でもそれだけでキープできるんだから凄いよ」

基本的に壱は贅肉《ぜいにく》が付きにくく、筋肉も付きにくい。運動部としてあまりよい体質ではないのだが、そう言うと駈流は「いいなあ」と苦笑した。

「俺なんて食ったらすぐ肉になるよ……オッサンだー」

「そんな年じゃないじゃん」

それに、バレンタインデーにあんなにチョコレートを受け取るくらい、女の子に人気があるくせに——そんな文句が口をついて出そうになる。

俺がいるのにチョコなんていらないだろ、と思うのだけれど、自分ももらってきてしまったので文句を言う筋合いはない。しかも、ちょっと嫉妬してくれないかな、という下心もあったので、ますます言えなかった。

微妙な気持ちを誤魔化すようにグラスを手に取り、口に運ぶ。

「あっ、いっちゃん！」

「え？」

慌てた顔をする駈流に首を傾げながらもそれを飲むと、舌に激しい違和感を感じて噎《む》せそうになった。

「っ……」

「いっちゃん大丈夫⁉　こっち飲んで！」

手渡されたのもジンジャーエールだったが、こちらは普通の味がした。ほっと息を吐き、間違えて飲んだ方を睨む。

「なに、これ」

「ごめん、これはジンジャーハイボール……ウイスキーが入ってるんだ」

「ういすきー……」

なんとも形容しがたい味だった。生姜とは違う辛さというか、苦さというか、痺れにも似た、とにかく今まで経験したことのない味だ。

慣れぬ酒のせいでおかしくなった口に、揚げ出し豆腐を詰め込む。そんな壱を、対面の駈流が目を細めて見ていた。

「なに笑ってんの」

不可抗力とはいえ、酒を飲んでしまった。うまいと思えないなんてどうせ子供だ、とむっとすれば、駈流はちがうちがう、と手を振る。

「家の中に受験生がいるって、こっちも緊張するなって実感してたとこだったから、無事終わってよかったな、って」

「そうなんだ？」

「そう。ひとまず終わったから、ほっとしたよー。それで、祝杯というかお酒をね」

駈流は、いつも落ち着いた様子で、色々フォローなどもしてくれていた。緊張している、という様子は微塵《みじん》も感じられなかったが、こちらが受験でピリついていれば気も遣ったことだろう。

両親がよく「駈流くんに気を遣わせて申し訳ない」と言っていたが、実際その通りだったらしい。特に母親は、本来自分がするはずだった壱に対する世話を、二十代で独身男性の駈流が担《にな》っていることを心苦しく思っているようだ。

父親の帰宅時間が遅いので、母親は当初小学生の弟を慣れぬ地域で留守番させるか、受験生の壱のために残るか、とても悩んでいた。経済的な面もあったが、駈流と同居の可能性が出て、壱が一人で東京に残ることになり、壱自身は嬉しかったが母親はずっと気にしていたようだ。

考えてみれば、親同士のいい加減な約束で同居に至った上に、受験生の面倒を見るなんて大変なことだっただろう。

「……なんか、色々大変だったよね、ごめんなさい」

箸を置いて謝ると、駈流は慌てたように頭を振った。

「なんで謝るの。いっちゃんが謝るようなことじゃないだろ」

そう言って、駈流は対面から壱に向かって手を伸ばした。その指先が、もう謝らないでとばかりに壱の唇の端に触れる。

不意の接触に、壱の心臓が大きく跳ねた。

「結構、貴重な体験だったし、楽しかったよ。『受験生の家族』っていうのになれて」

優しげな声に、鼓動が早くなる。心地いい低音が、耳にくすぐったい。

――……うわ、……なんか……。

ほんの少し彼の指が触っただけなのに、体温が上がった気がする。なんだか、自分がひどくいやらしい男になった気がして、壱は恥ずかしくなった。

じっと見つめる壱に、駈流が微笑《ほほえ》みを返してくれる。

――最後に、したの……いつだっけ。

思い返して、クリスマスだったと気が付く。壱にとっては初めての「恋人と過ごすクリスマス」であり、内心期待していたのだけれど、駈流は「壱の負担になるから」と最後まではしてくれなかった。

キスして、触り合って、抱き合って眠っただけでも気持ちよかったものの、より悶々《もんもん》とした気持ちを抱える羽目になったのも本当だ。

それでも、駈流が壱を気遣ってくれているのがわかっていて、ねだったりはできなかった。

そのときの燻《くすぶ》るような熱と、駈流に対する好きでたまらない気持ちが湧き上がり、なんだか頭がふわふわしてきた。なんだか、頬も熱くなってくる。

——……もう、解禁?

まだ合否の発表はされていないが、もういいのだろうか。

心臓の音が、先程までより大きくなった気がする。無意識に、触れられた指を咥《くわ》えようと口を開けたら、駈流の指が逃げていった。そして、すっと壱の頬を撫でていく。

「……いっちゃん、もしかしてさっきの一口で酔《よ》っちゃった? 顔真っ赤」

「え……?」

やけに頬が火照《ほて》って、少し浮《うわ》ついた気分になっているのは、それが理由なのだろうか。

居住まいを正すと、駈流が目を細める。

「いっちゃん結構お酒弱いのかな? 一口で酔っちゃうのかー」

「酔ってないと思うけど……」

「そ? でも、大学入ったらいずれ飲み会あるし、気を付けるんだよ。もし飲まされて帰れなくなりそうだったら、連絡してね、迎えに行くから」

「いや……そんなことにはならないって」

まだ合否もわかっていない大学の話をされても困る。それに、別に酔ってもいないのに。

「心配くらいさせてよ。でも今ほっぺ真っ赤だから、ちょっとソファで寝てたら？　酔い冷めるまで」

「……平気なのに」

ほらほら、と追い立てられて、渋々ソファに横になる。

——顔が赤いのは、駈流さんが原因だと思うんだけど……。

触られて、少し疚《やま》しいことを考えてしまったからだ。

だがそんな言い訳をするよりは、一口だけしか飲んでいない酒のせいにしたほうがマシかもしれない。

——……恥ずかしいな、俺。

欲求不満、というやつなのだろう。相手が冷静なのに、自分ばかりが悶々としていて恥ずかしい。壱は顔を手で押さえて丸くなり、深々と嘆息《たんそく》する。

「——……いっちゃん、いっちゃん」

ふと名前を呼ばれて、壱は無意識に閉じていた瞼《まぶた》を開けた。

気が付いたらブランケットをかぶっており、いつの間に？　と首を傾げる。

「ごめんね。本格的に寝るなら、お風呂入っちゃったら？」

「え……俺、寝てた？」

「うん。一時間くらいかな」

慌てて身を起こすと、ダイニングテーブルの上は既に片付けられていた。

ちょっと目を瞑《つぶ》ったつもりだったのに、本当に、寝てしまっていたらしい。自分では全然酔っぱらってない、などと思っていたが、実際はそうでもなかったのだろうか。

「受験勉強で寝不足だっただろうし、緊張の糸も切れちゃったんだろうね。あと、ほんの少しだったけどお酒が効いたのかも。お水飲んでから、お風呂行ききな」

「ごめん！　俺、片付け手伝おうと思ってたのに」

「いいのいいの。いっちゃんのお疲れ様の日なんだから。今日からちゃんと湯船に入るんだよ？」

背中を押されて、壱は浴室へと追いやられる。既に風呂の準備も終えて、それから起こしてくれたのだ。

――うわー……もう、なんで寝てんだよ……。

食べるだけ食べて、片付けもせずに寝るなんてと、自己嫌悪に陥《おちい》る。

明日からは絶対に同じ失態は犯さないようにしよう、と心に決め、情けない思いを抱えつつ、服を脱ぐ。

湯船には乳白色の入浴剤が入れられていて、甘い香りが浴室を満たしていた。

軽く体を洗ってから、湯船に入る。

――気持ちいい……。

二ヵ月以上シャワーで済ませていたので、久し振りの風呂に、全身の力が抜けるようだった。

長い息を吐き、天井《てんじょう》を見上げる。そして、先程駈流の指が押し当てられた唇に、自分の指で触れてみた。

その感触を思い出しながら、壱は自分の指を口の中に差し込む。

――俺って……やらしい……。

彼はなにげなく触れただけなのに、すごく、いやらしい期待をしてしまった。むらっと湧き上がってきた感情に、壱は慌てて湯船から出る。

――最低……。

すっかり立ち上がってしまった己《おのれ》のものに落ち込みながら、壱は洗い場の床に腰を下ろした。

体が火照っているせいか、ひんやりとした床に直《じか》に座っても、あまり寒くは感じない。

「……駈流さん」

彼の顔、声、吐息、指、肌の感触、そしてキスを思い出しながら、兆《きざ》している自分の性器に指を絡める。駈流に触れられたときのことを振り返りながら一人でするのは、これが初めてではない。

——駈流さんに、触って欲しい。

掌《てのひら》の大きさも、指の太さも、自分とは違う。駈流の肌の熱さや体の重さを想像しながら、壱は性器を擦《こす》った。

「んっ……」

暫《しば》く受験で禁欲的な生活を送ってきたからか、久し振りに触れたら、あっという間に限界を迎えてしまった。

声を上げないよう唇を噛み、息を止める。

「ん……!」

自分の掌に熱を吐き出し、脱力した。背中を預けていた壁からずるずるとずり下がり、床に身を横たえる。

手の中の白い液体を見ながら、まだ体が疼《うず》いていることに気が付いてしまった。

——足りない……。

息を吐き、瞼を伏せる。

——駈流さんに、されたい。もっと、やらしいこと。

クリスマスの日に、駈流に指だけでされた場所に、壱は恐る恐る手を伸ばす。まだ、自分でそこを弄《いじ》ったことはなかった。

こくりと唾《つば》を飲み込み、指先で窄《すぼ》まりに触れる。

「――いっちゃん？」

「っ――！」

がら、と脱衣所の戸が開かれる音がした。壱は目を開いて跳ね起きる。

「な、なに？」

駈流は断りもなく浴室のドアを開けるようなことはしないで、脱衣所から声をかけてきた。

「いや、お風呂が長いから、もしかして中で寝ちゃってるのかなと思って」

見られていたら、羞恥《しゅうち》で死ぬところだ。

「起きてるよ、大丈夫」

「そう、よかった。逆上《のぼ》せる前にあがるんだよ」

特に不審には思わなかったようで、彼はあっさりと脱衣所から出ていく。

戸が閉まる音と共に、壱は深々と息を吐いた。

――……あっぶねー……。

慌てて腰の辺りを洗い流し、浴室の窓を開ける。冷たい風が入り込んで来たが、中にいやらしい空気がこもっていそうなので、外に追い出そうと手で扇《あお》ぐ。

駈流の思わぬ登場に、酩酊したようないやらしい気持ちが吹っ飛んでしまった。

――気が抜けてちょっと頭が馬鹿になってるのかも、俺……。

今日は大人しくさっさと寝てしまおうと、壱は再び体を洗い、湯船に沈《しず》んだ。

一週間後、午前十時になったのと同時に壱は自室で、大学の合否発表のページにアクセスした。

受験番号とともに「合格です」の文字が表示されてほっと胸を撫で下ろす。

一応、予備校からも「大丈夫だ」と太鼓判《たいこばん》を押されてはいたものの、蓋を開けてみるまで実際どうかはわからない。だが、合格したことが現実となり、力が抜けた。

——……やっと、受験終わった。

安堵の息を吐き、椅子にもたれかかる。

——終わったー……。

いくら安全圏《けん》と言われていても、人並みに気は張っていた。再び吐息し、姿勢を正した。

両親、そしていつも支えてくれていた恋人——駈流へメッセージを打つ。

現在の時刻は、社会人であれば仕事中だろう。だから期待していなかったのだが、駈流からはすぐに返信が来た。

『おめでとう！　頑張ったね』

そんな文言《もんごん》の後に、おめでとう、というスタンプが送られてくる。可愛らしいうさぎのキャラクターのイラストに、壱は頬を緩めた。

『ありがとう。今から学校に行ってきます』

そう返して、壱は腰を上げる。部屋着から制服に着替え、コートを羽織った。

合格発表の日は、それぞれが学校に出向いて報告などをすることになっている。既に三年生は自由登校になっているので、制服に袖《そで》を通すのも試験日以来だ。

壱は家を出て、高校へと向かった。
一、二年生は授業中だということもあるが、校舎はしんとしていて、少し寂しげに感じられる。
職員室で担任と進路指導の教師に報告をしていると、クラスメイトの女子とかち合った。

「あ、松澤くん」

「……砥部《とべ》。どうだった?」

砥部は同じ大学を受けてはいなかったが、合格発表は同日だったようだ。ポニーテールを揺らしながら、にっと歯を見せて笑う。

「受かった！　いえーい！」

片手を翳《かざ》されたので、反射的に壱も手を挙げてしまう。砥部はそこにぱちんと自分の手をあてた。

「松澤くんは？　どうよ？」

「おかげさまで」

「おめでとー！」

普段から明るい人物ではあるが、合格して更にテンションが上がっているのだろう。大声を張り上げた彼女を、担任の佐々木が「砥部、静かに」と窘《たしな》めた。

「ひとまず二人とも、おめでとう。松澤は滑り止めも受ける予定だろ？　どうするんだ？」

「親と相談してみます。……多分受けなくていいって言われると思いますけど」

「そうか、まあその辺はよく相談して決めるといい。じゃあ、寄り道せずに気を付けて帰るんだぞ」

はぁい、と間延びした返事を二人で返し、職員室をあとにする。

ひとまとめに話を終えられてしまったので、なんとなく砥部と連れ立って昇降口へと足を運ぶ。駅まで向かう道の途中で、砥部が「ねえ」と声をかけてきた。

「これから合格組で遊びに行くんだけど、松澤くんも来ない？」

寄り道するなと言われたばかりになのに、砥部はそんなことを言う。壱は寄り道というかこれから予備校にも報告に行かねばならない。

面子《めんつ》はね、とメッセージアプリで届いているらしい名前を砥部が読み上げていく。壱の知っている面子も何人か来るようだ。

「この他にも多分それぞれ誘って結構大所帯になると思う。他の高校の子も来るかもなんだけど」

「いや、俺はいいよ。この後予備校に報告に行かないといけないし」

「その後来るのでも全然いいよ。場所はね」

ファミレスに集合し、まとまったらカラオケの大部屋でパーティーをするようだ。

「どうせ、おうちに誰もいないんでしょ？　家族引っ越ししちゃったとか言ってたよね」

「ああ、うん」

きっとまだ駈流は会社にいるだろうが、すぐに会いたい。

――早く家に帰って、あとは駈流さんと一緒にいたい。……他のところで時間を潰したって、そわそわするだけだろうし。それに、遊びに行ってる間に駈流さんが家に帰って来たら、時間がもったいない。

やはり寄り道をせずに帰るのが吉だと、壱は頭を振った。

「けど遠慮《えんりょ》しとく。羽目外し過ぎないように、適当に大人しく遊んで帰れよ」

壱がそう言うと、砥部は携帯電話を握ったまま、大きな目でじいっとこちらを見つめてきた。なかなかの眼力に、壱はぎくりと体を引いてしまう。

「……松澤くんってさ、付き合い悪いわけじゃないっていうか、ちゃんと他の男子と騒ぐこともあるのに、なんか他の男子より大人っぽいよね」

「……そうか？」

恋人が年上だからだろうか、自分が「子供だ」と実感することばかりなので、そんな風に言われるのは意外だった。

「松澤くんって彼女いるの？」

「え……」

彼女はいないが、彼氏ならいる。

そういう厳密《げんみつ》な話を訊《き》いているわけではなさそうだと思いつつも、返事に窮《きゅう》してしまった。

狼狽する壱の表情を見て砥部はなにか誤解をしたようで、「違う違う」と首を振る。

「別に、あたしが今から松澤くんに告白するとかいう流れにはならないから！　そこは安心して！」

「あ、うん」

別にそういうことを心配したわけではないのだが、勘違いをしてくれるならそのほうが有《あ》り難《がた》い。

「バレンタインのときに、やっちゃん……白井椰子《やこ》からチョコもらったでしょ？　あたし、やっちゃんと友達でさ」

白井は同じ大学を受けた女子の一人で、バレンタインデーにチョコレートをくれた人物でもある。彼女がそういう意味で自分を見ているとは思わなかったので、壱は少しびっくりしたのだ。

「で、彼女いるから断ったって訊いて」

正確には「恋人がいる」と断ったのだが、そこは些末《さまつ》な違いだろう。

白井は丁寧にラッピングされたチョコレートを差し出しながら、ずっと好きでした、付き合ってください、と壱に告白してきた。先の通りに断ったら、チョコレートだけでも受け取って欲しい、と言われたので、受け取ったのだ。

そういえば、あのチョコレートはどうしたのだっけ、と思案していると、またしても壱の顔色を誤読した砥部に「違うの」と言われた。

「別に敵討《かたきう》ちとか、やっちゃんを振ったことに対する文句とかじゃなくてね、だから警戒しないでほしいんだけど」

「ああ、うん」

「いるの？　彼女」

砥部の問いに、曖昧《あいまい》に頷く。

「松澤くんが大人っぽいのって、それかー。……あのね、実はあたし彼氏がいてさ」

思わぬ方向にシフトした話に戸惑いながら、壱は眉を寄せる。

「それが、松澤くんみたいに、なんていうかクールっていうか、あんまガツガツしてないタイプっていうか」

――俺、クールでもないけど、別に。

そもそも協調性のある方ではないし、口下手なだけだ。

こと恋愛においては、恋人が年上のせいか、いつも壱ばかりがじたばたしている。積極的に行きたくても照れが勝って上手くいかないし、冷静さなんて微塵《みじん》もない。

「他の男子より大人っぽいし」

「……そんなことないと思うけど」

大人っぽいだの、クールだの、なんだか周囲に誤解されている気がする。

寧《むし》ろ、いつもにこにこしていて愛想がいいけれど、さらっと躱《かわ》してしまう駈流みたいなタイプのほうがクールというのに相応《ふさわ》しい。

「それで、ほら。うちら受験生じゃない？　だからそういうの結構疎《おろそ》かだったたっていうか」

「うん……？」

結局なにが言いたいのだろうかと内心首を傾げていると、砥部は息を吐く。

「松澤くんみたいなタイプってさ、彼女から『エッチしよ』って言われたら、引く？」

「……っ？」

直截《ちょくせつ》に質《ただ》された言葉に、壱は思わず咳《せ》き込《こ》んでしまう。路上で一体なんの話をしているのかと困惑しながらも返事をできないでいると、砥部は一人で「引くよねえ」と納得している。

「いや、別に……そんなことないけど」

「そう？　うちら、追い込みかかってからは全然してなくてさ。それどころじゃないじゃん？　だからしょうがないんだけど、向こうも『したい』みたいなこと一切言わないし」

砥部の相手のことなどなにも知らないが、その言葉に、壱は自分と重ね合わせて不安になってくる。

「……それは、お互いに忙しいのもあるだろうけど、受験だったし、気を遣ってるんじゃねえの」

駈流は、きっとそういうつもりで手を出してこないのだ。実際、それに類する発言は聞いていた。

だが、砥部は更なる不安要素をぶつけてくる。

「でも、おあずけしている間に飽《あ》きたりとかってないの？　やっぱもういいや、みたいな」

不安に思っていたことを言われて、言葉に詰まった。

「……それは、ないだろ。きっと」

「そうなの？　そうなのかなあ？」

そうであってほしい。そうでないと、困る。だから、自分の不安を誤魔化すためにも力強く頷いた。

「そうだろ。……男だし。好きなやつとだったら、したいよ」

少なくとも、自分はそう思っている。

そんな感情が滲《にじ》んだのか、砥部は目を丸くし、納得したように笑った。

「力強いお言葉だなー。なんかあんま想像できないけど、松澤くんも性欲とかあるんだ？」

「……あるよ、そりゃ。ていうか、訊いといてそれはどうなんだ」

「そういえばそうだね」

あるどころか、駈流にいやらしいことをされたいと、このところずっと考えている。したくてたまらなくなって、鎮《しず》めるために一人でしているくらいなのだ。

勿論、そんなことは同級生の女子には言えないが。

「でも、これで晴れて禁欲生活も終わりだし、お互い頑張ろっか！」

ばしんと背中を叩かれ、壱は再び咳き込む。

「――頑張るったって……頑張るってなにすんだ？」

「それは松澤くんが頑張りなよ。あたしは取り敢えず、淡泊な彼氏を押し倒してみるわ。案外松澤くんの彼女のほうが、あたしみたいに我慢できずに襲いかかってくるかもよ」

がはは、と豪快に笑い飛ばした砥部に、壱は苦笑する。

彼は大人なので「我慢できずに襲いかかる」なんてことはしないだろう。ならば、壱からすべきなのだろうが。

――……押し倒す、かぁ……。

誘う言葉も出せない壱には、「押し倒す」なんていう芸当は難易度が高い。だが砥部との会話で受け身ばかりでもいけないと思ったのも確かだ。

なににせよ、自分なりに頑張るしかないのだろう、と壱はひっそり気合いを入れた。


ファストフードで軽く昼食を済ませてから、予備校に合格の報告をしに行き、講師たちと色々と話していたら夕方になってしまっていた。

自宅の最寄り駅に着く頃には薄暗くなっていて、壱は急ぎ足で家路につく。

——あれ？　鍵《かぎ》が開いてる。

開錠《かいじょう》したと思ってドアを引いたが、逆に鍵《かぎ》がかかってしまった。出るときに閉め忘れたのだろうかと、もう一度鍵を開けて中に入ると、濃厚な甘い香りが壱の鼻腔《びこう》をつく。

家じゅうに充満している匂いの正体は、どうやらチョコレートのようだ。くんくんと鼻を鳴らしながらマフラーを外していると、リビングに続くドアが開き、駈流が顔を出した。

「あれ？　駈流さん？」

「いっちゃん、おかえり！　合格おめでとう！」

エプロンをした駈流が、ぱたぱたと走り寄ってくる。

「た、ただいま。ありがとう。……あの、会社は？」

日が暮れてきたとはいえ、まだ午後五時になる前だ。平日のこんなに早い時間にどうして、駈流が家にいるのだろう。

駈流はふふふと笑う。

「実は、前から半休取ってたんだ。今日が合格発表の日だからね！　ごちそう作って待ってたんだよ！」

「えっ！　わざわざ休んだの⁉」

今日は金曜日だし、絶対に忙しいはずだ。

「うん、有給有り余ってるからね！　今使わずにいつ使うのって感じだよね！」

玄関で立ち話もなんだから、と促《うなが》されて、壱は靴《くつ》を脱いで上がる。

リビングに入ると、そこはより濃い甘い香りに満たされていた。

「今日、もしかしたら友達とかと遊んでくるかなって思ってたけど、意外と早かったね」

俺が現役のときはさぁ、と笑いながら、駈流が対面式のキッチンへと移動する。恐らくそこに、この部屋中に広がるチョコレートのなにかがあるのだろう。

「学校の帰りでも、予備校でも一応誘われたんだけど」

「そうなんだ？」

「うん、でも……俺、早く家に帰って、駈流さんに会いたかったから」

ぽろりと零《こぼ》れた本音に、駈流が目を丸くしてこちらを見ている。

なかなか恥ずかしいことを言ってしまった、と時間差で気が付いたが、もう遅い。ならば折《せっ》角《かく》だし、もう少し突っ込んで言ってしまおうと、壱は口を開く。

「……リビングで駈流さんが帰ってくるの待とうと思ってたけど、駈流さんのほうが早く帰ってきてくれて、嬉しい」

素直な気持ちを口にした壱に、駈流が珍しく赤くなった。

「いっちゃん、そういう可愛いこと言うと食べちゃうよ」

別に食べてもらってもいいんだけど、と思ったが、駈流が背中を向けてしまったので、言うのをやめた。

「ところで、なんかチョコレートのすごい甘い匂いするんだけど、これなに？」

「あーこれね、遅くなっちゃったけど、俺からのバレンタインデーのプレゼントです。さっき丁度焼けたんだよね。見る？」

「？　うん、見る」

おいでと手招きされて、壱はキッチンへと足を踏み入れる。

丁度死角になって見えなかったところに、平べったい円柱型の黒い物体が三つ並んでいた。それぞれ、一回りずつ大きさが違う。

「これなに？」

「ガトーショコラだよ～！　折角だし、三段重ねにしようかなって」

「えー!?　すげえ！」

今まで、パンを焼いたりデザートを作ってくれたりすることはあったのだが、ホールケーキまで作れるとは思わなかった。その周囲には、恐らく飾りに使うであろうチョコプレートなども置いてある。

つくづく、駈流の料理の腕は趣味にしておくのは惜しいくらいだ。

「ただ、これまだ食べられないんだよね」

「えっ」

「粗熱《あらねつ》が取れたら冷蔵庫に入れて冷やすの。そのほうが美味しいからね」

「……そっか」

夜、夕食を食べたあとまでお預けなのだろう。今すぐ食べられると思っていたので、すごく残念だ。

そんな気持ちが顔に出てしまったのか、駈流が笑う。

「その代わり、といってはなんだけど、おやつも用意してあるよ」

「えっ」

「むしろ、家じゅうに充満してるのはこっちの香りかもね」

そう言って、ガス台の上に置かれていたホーロー鍋を駈流が手に取る。中を覗くと、溶けたチョコレートで満たされていた。

「これも、チョコレートだよね？」

「うん。今日のおやつはチョコレートフォンデュだよ。もう夕方だけど」

どこかで見たことのある鍋だと思ったら、以前、夕食でチーズフォンデュをしたときに使っていた鍋だ。

外側は赤、中が白い綺麗なホーロー鍋を、駈流はダイニングテーブルへと運んだ。既にテーブルに置かれていた、燃料の入ったスタンドに鍋をセットする。

ライターで燃料に火を点《つ》けると、チョコレートソースの表面がふつふつと煮え立ってきた。

「これに付けて食べてね」

冷蔵庫から取り出された皿には、イチゴ、バナナ、キウイ、オレンジなどのフルーツが並べられている。そのほかに、マシュマロやポテトチップス、一口サイズの丸いドーナツなども用意されていた。

いつの間にか淹《い》れられていた紅茶を、壱はテーブルに運ぶ。椅子に座って待っていると、もうひとつの皿を駈流が持ってきた。

「あと、これもどうぞ」

彼が出してきたのは、ハート型のパイだ。

「一応、遅ればせながらバレンタインのプレゼントだから、ハートのも欲しいなって思って。これ冷凍のパイシートをハート型に抜いて、オーブンで焼いただけだから簡単なんだよ」

「へー……」

駈流はそれをフォークで刺して、チョコレートソースの中にくぐらせる。そして、壱に差し出した。

「はい、どうぞ」

反射的に開いた口の中に、チョコレートに塗《まみ》れたパイが入れられる。少し大きめだったが、なんとか口に入った。ほろほろ崩れる脆《もろ》い生地を咀嚼《そしゃく》すると、バターの濃い香りがしてくる。

もぐもぐと頬張る壱に、駈流が手を伸ばして唇の端に触れてきた。

「ついてるよ」

親指で拭ったチョコレートを、駈流が舐《な》める。どぎまぎしながら、壱は「ごめん」と返した。

駈流も特に深くはつっこまず、「俺も食べよーっと」と言って、席に着いた。

「んー。甘い」

「ん。でもシンプルでうまい」

一口大のサイズにされた果物やお菓子を、チョコレートソースにくぐらせて食べる。たったそれだけなのだが、おいしい。何個も食べられてしまう。

丸い小さなドーナツの中には、小さく切られたバナナやイチゴが入っていた。ホットケーキミックスを付けて、揚《あ》げたものらしい。

黙々と食べていると、紅茶のお代わりを入れてくれていた駈流が「そうそう」と口を開いた。

「いっちゃんがもらってきたチョコレート、これに化けちゃった」

これ、と言いながら彼が指さしているのは、フォンデュ鍋だった。つまり、このソースの元は、一週間前に壱が受け取ったチョコレートたちということだろう。

「ごめんね、使っちゃって」

「ううん、いいけど。これそうなんだ？」

チョコレートに生クリームと牛乳、そしてバターを加えて溶かしているらしい。それだけじゃない複雑な味がするのは、素材にしたチョコレートの中に洋酒やナッツ類、クリームの類《たぐい》が混ざっていたから、ということのようだ。

「うん。俺がもらってきたのも混ざってるけどね」

「ふーん……そう」

自分のチョコレートはともかく、駈流がもらったチョコレートの行方《ゆくえ》は気になっていたのだ。一人でこっそり彼が食べるとも思わなかったが、こうして加工して、壱の前に出してくれたというだけでほっとする。

駈流が、バレンタインデーのチョコレートに対してなにも感じていない——壱が嫉妬するようなことはなにもない、と提示してもらえているようで安堵《あんど》できた。

「で、手作りはやっぱりごめんなさいってことで、処分させてもらったよ。もう一週間たっちゃってるしね」

中に同封されていた手紙やカードは、ひとまとめにして紙袋に入れておいてくれたらしい。

「うん、全然いい。ありがとう」

「ホワイトデーのお返しってどうするの？」

「んー……」

基本的に、高校の卒業式はホワイトデーが来る前に終わってしまうし、予備校は今月で辞めてしまう。

だから返さなくても問題はないのだが、予備校の友人たちはともかく、高校の同級生には前倒しで卒業式にお返しを渡すべきなのかもしれない。

「……卒業式の日に、渡そうかな？」

先日、友人たちにどうするのかを訊いたら「モテ自慢か！」と怒られてしまった。本気で困っているので、少々傷ついた。

「よかったら、俺が用意しようか？」

「えっ、でも」

「いいよ。見る限り、三倍返しにしてもそんなに大した金額になりそうもないし。俺の恋人がモテている様子を見るのも、悪くなかったしね」

頬杖を突きながらにっこりと駈流が笑う。流石、大人の余裕というところだろうか。

彼が会社から持ってきたチョコレートに一人でどぎまぎしていたり嫉妬していたりした自分が馬鹿みたいだ。ふっと小さく笑みを零したせいか、駈流が首を傾げた。

「ん？　どうしたの、いっちゃん」

「ううん、駈流さんって大人だなって思って」

言いながら、イチゴにチョコレートを付けて口の中に入れる。甘酸っぱい味に、壱は苦笑した。

「俺は無理。……駈流さんが会社でもらってきたチョコにだって、すげー嫉妬した。駈流さんみたいに、冷静になれないよ」

この上、ホワイトデーにお返しをする様子を笑って見るなんて芸当、できそうにない。

フォークにバナナを刺して、チョコレートを掬《すく》うようにくぐらせる。

「今だって、『このやろー』って気持ちでチョコフォンデュ食ってるし。お前なんか食ってやるって感じ」

「はは」

ちょっと子供っぽい言い方をしてしまったかもしれない。駈流にはウケたようだが、こっちは真剣だ。本気が通じていないようで少し寂しくもなる。

「いっちゃん、怒んないで」

仏頂面で食べていたせいか、そんな風に言って、駈流がチョコでコーティングしたイチゴを差し出してくる。

「あーんして」

「……あ」

ぱかっと開けた口の中に、イチゴが入ってくる。やっぱりおいしくて、こうして構ってもらえるのが嬉しくて、頬を緩めてしまいそうになる。

「おいしい？」

「ん」

「もういっこ。はい、あーん」

立て続けに食べさせられ、壱はもごもごと咀嚼する。そんな壱を見つめながら、駈流が目を細めた。

「でも俺ね、いっちゃんが思ってるほど、大人でも冷静でもないよ」

「ん？」

唐突にどうしたのだろう。

目を瞬く壱に、駈流は苦笑した。そして席を立ち、傍らにやってくる。

駈流は壱の頬に触れた手を滑《すべ》らせて、耳に触れた。すり、と動く指に、反射的に身を竦《すく》めてしまう。

「おいしいって食べてるいっちゃん見ながら、ずっとエッチなこと考えてるもん」

「っ……!?」

急にそんなことを言われて、壱はびくっと背筋を伸ばす。

笑顔のまま、駈流は壱の腕を引いた。リビングのソファに移動し、並んで座るなり、駈流は両掌で壱の頬を包む。

「か、揶揄うのやめろよ」

「揶揄ってなんてないよ。そんな余裕なんて、とっくにないし」

そう言うなり、身を屈めた駈流は壱の唇を奪った。

キスは、甘い、チョコレートとフルーツの味がする。唇を舐められ、微かに開いた口の中に彼の舌が潜《もぐ》り込《こ》んで来た。

「ん……っ」

喉を逸《そ》らし、駈流のキスを受け入れる。

何度もしているのに、まだ慣れなくて、壱はいつも溺《おぼ》れたように胸を喘《あえ》がせてしまうのが恥ずかしい。

舌を絡めて啜《すす》られ、互いの口の中からチョコレートの味が消えた頃、ようやく腰を支えられたまま、押し倒されていることに気付いた。

「あ……」

唇が離れ、霞《かすみ》がかった頭で、壱は駈流を見上げる。

優しげな微笑みを湛《たた》えながら、怖くなるくらい熱い視線で見下ろされて、心臓がきゅっと縮《ちぢ》んだ。

「っ、あ」

駈流は片手で器用に壱の制服のボタンを外し、中に手を差し込んでくる。シャツの上から胸の突起を捏《こ》ねられ、壱は思わず駈流のセーターを掴んだ。

「っ、……やっ」

弄られる度《たび》に、声が上がってしまう。指先で転がされ、時折押されたり、爪《つめ》で引っかかれたりすると、自分で自分の体がコントロールできないくらいに昂《たかぶ》るのがわかった。

体を震わせながら、壱は頭を振る。駈流は、壱の顳顬《こめかみ》に音を立ててキスをした。

「ごめん、いっちゃん。夜まで我慢しようと思ったんだけど……もう、触っていい？」

いつもは余裕のある駈流の切羽《せっぱ》詰まった声に、かっと頬が熱くなる。呼吸が上手くできず、浅く息をしながら、壱は頷いた。

「んん……っ」

覆《おお》い被《かぶ》さってきた駈流に、再び唇を奪われる。キスをしながら制服の上着を脱がされ、シャツのボタンも外されてしまった。

中に着ていたTシャツの裾《すそ》を捲《めく》られ、壱は慌てて駈流の胸を押し返す。

「待っ……、駈流さん……っ」

抵抗されて、駈流が身を離す。不興を買っただろうかとびくびくしていた壱だったが、見下ろす表情はいつもの優しい駈流でほっとした。

「どうしたの、いっちゃん」

「あの、ここじゃ……やだ」

ここはリビングで、カーテンが締まっているとはいえ来客があったら困る。

それに、人が集まる場所でもあるし、普段テレビを見ているところで、というのもいたたまれない。

なんと説明しようかとおろおろしていると、駈流は小さく息を吐き、前髪を掻き上げた。そして、口元を押さえる。

「……うん、ごめん。そうだよね」

ごめん、ともう一度繰り返す駈流の顔が、少し赤い。

「ほんと余裕なかった。ごめんね、いっちゃん……俺いま、ちょっとケダモノ化してた」

「けだもの……」

優しく、紳士然とした駈流の自己評価に、壱は思わず吹き出してしまう。大好きなケダモノにならば食べられてもいいとさえ思っているが、それは言わない方がいいだろうか。

駈流は赤面したまま、唇を尖らせる。

「あ、笑うなよー。俺もすごいかっこわるかったなって反省してるんだから」

「かっこわるくないよ、全然」

寧ろ「可愛い」と思ってしまった。駈流でも、余裕がなくなることがあるのだ。それを彼らしくないと思う一方で、その原因が自分だということに優越感を覚えるし、嬉しい。

くすくす笑っていると、「あんまり可愛い顔して笑ってると、ちゅーするよ」と、変な脅《おど》しを受けた。キスはされたいんだけどどうしようかな、としばし考える。砥部に影響されたわけではないが、少しは自分から求めるべきかもしれない。

急に黙り込んだ壱に、駈流は「いっちゃん?」と首を傾げた。

「あのさ……とりあえず、上に行って続きしない?」

キスはそこでして欲しいなと思って壱が提案すると、駈流は俯いて「いっちゃん……」と嘆《なげ》くような声を上げた。


手を繋《つな》いで二階へと上がり、駈流の部屋に足を踏み入れる。

考えてみれば、最後に抱き合って以来、入ったことのない場所だった。暖房がついていなかったせいか、空気がひんやりしている。

「エアコンつけるね」

「……うん」

言いながら駈流はエアコンを入れ、綺麗に整えられたベッドに二人で腰を下ろす。

「いっちゃん……壱《はじめ》」

あだ名ではなく、本名で呼ばれて、壱はこくりと唾《つば》を飲み込んだ。

そっと顔を上げると、大きな掌で項《うなじ》を撫でられ、唇が重なる。

「ん……」

キスが深くなるのに合わせて、そっとベッドに押し倒された。軽く甘噛みしながら、駈流は壱の制服のシャツを脱がせる。そして、Tシャツの中に掌が差し込まれ、先程弄っていた胸の突起に直《じか》に触れてきた。

「んん、ん」

敏感なそこを引っかかれたり、押しつぶされたりすると、体がびくっと揺れてしまう。

そうされながら壱が口づけに懸命に応えていると、駈流のキスが離れた。

見下ろす彼の顔はどこか切羽詰まっていて、少し怖いくらいだ。

「……ごめんね。今、本当に余裕ない」

「え……あっ、ちょ、駈流さん……っ」

戸惑う壱をよそに、駈流は壱の服を手早く脱がしていく。あっという間に裸にされて、壱は恥ずかしさと狼狽で身動きが取れなくなった。

「……可愛い。綺麗だよ」

じっと見下ろしながらそんな風に口説《くど》かれて、全身が真っ赤になる。咄嗟《とっさ》に蒲団をかぶろうとしたが、駈流が床に放り投げてしまった。

「余裕がないとか言って、そういうこと、よく言えるよな……」

「言えるよ。本当のことだし」

しれっと答えて、駈流は自らもエプロンとセーターを脱ぎ、上半身裸になる。ちゃんとジムに通っている彼の体は、しっかり筋肉がついていて逞《たくま》しい。

自分とは違う、大人の男性らしい体に、本能的に怯《ひる》んだ。駈流はそれに気づいたようだったが、いつものように優しいことは言わずに、上から壱の肩を押さえつける。

「それに、ずっと待ってた。……今日は、最後までするから」

普段通りの柔らかな声音なのに、どこか獰猛《どうもう》な空気を孕《はら》む声に、壱は息を飲む。けれど、怖いという意識はまったくなくて、寧ろ、腰のあたりからじわりと痺《しび》れのようなものが走った。

「駈流さ――」

嚙みつくようなキスに言葉を封じられ、壱は駈流の首元に手を回す。

余裕がない、と言いながらも、駈流はゆるく立ち上がった壱のものを優しく扱《しご》き上《あ》げた。揉《も》んだり、扱《しご》いたりしながら、掌で先端を捏《こ》ねる。

唇の交わる音とともに、触れられている部分からも小さく水音が立ち始めた。駈流の手を濡らす快感の兆しに気付き、恥ずかしくて堪《たま》らない。

もどかしいくらい柔らかく触れていた手は、徐々に速く、強い動きに変わっていく。

「う……、んっ、ん」

「いいよ、出しても」

こんなに早いなんて嫌だ、と思う頭と裏腹に、体はすぐに追い立てられ、上り詰める。

一人ですることはそこまで多くはないし、駈流に触れられるのは二ヵ月ぶりなのだ。堪え切れるはずがなかった。

「あっ、……うー……っ」

びくんと体が跳ね、排泄感《はいせつかん》にも似た快感が体を襲ってくる。まだ出している最中だというのに、駈流は手の動きを緩めてくれない。

「あっ⁉ あっ、あっ」

達している最中のものを擦られて、間欠的に精液が噴き出す。その様子から視線を外せないまま、戸惑う壱は駈流を押し返した。力いっぱい押しているつもりなのに力が入らなくて、ただ震えて自分の痴態《ちたい》を眺めるしかない。

「やだ、もう、出た、出した……っ！」

「可愛い、いっちゃん」

「いやだ、やっ……、離し、っ、離してってば……やぁ……っ」

僅かな抵抗を見せる壱に、うんそうだね、と適当な相槌《あいづち》を打ちつつ駈流は手を止めない。なにも出なくなるまで弄られた後、駈流の手がようやく止まった。

禁欲生活を強《し》いていた体は、絞《しぼ》り取《と》るような愛撫《あいぶ》に俄《にわ》かについていけず、ぐったりとシーツに沈む。いつの間にか閉じていた目を開けると、涙でぼやけた駈流が、微笑みかけてきた。その手は、まだ壱のものを握っている。

「いっちゃん、もしかして一人でしてた？」

「っ、な……、なん……っ！」

なんでそんなこと、と言いたいのに、疲労と羞恥で口が上手く回らない。

確かに駈流の言う通り、先週浴室の中でしてしまった。触っただけでわかってしまうものなのかと、壱は顔を紅潮させる。

「駈流さん、意地が悪い……」

駈流はにんまりと唇の端を上げ、手で壱の性器を一撫でし、後ろへずらした。

「じゃあ、こっちは？」

「あっ……」

指先でつっと会陰《えいん》に触れて、その奥に移動する。

「こっちも、一人でしてたの？」

壱の出したもので濡れた指が、奥の窄まりに触れた。脱力していた体に、反射的に力が入ってしまう。

一週間前に、自分一人でしようかと思ったものの、駈流の登場によって避けた場所だった。くるくると指で捏ねられて、壱は真っ赤になりながら頭を振る。

「し、してな、い……っ」

「本当？　一度も？」

問いを重ねながらも、駈流の指がいたずらに動く。僅かに指を差し込まれ、壱は駈流にしがみつきながら、必死に頷いた。

駈流は一旦《いったん》指を引き抜き、ベッドサイドのチェストからジェルを取り出す。

「リラックスして。大丈夫、痛くしない。怖くないよ」

「ん……」

掌で温めていたジェルを伸ばし、駈流は再び壱の中に指を入れる。辛抱《しんぼう》強く、ゆっくりと広げられる感触は、正直なところすごく違和感があった。

けれど、駈流と繋《つな》がるためだと思うと、気持ちよく感じられるような気がするから不思議だ。

「ちょっと、体勢変えようか。膝立ちになってくれる？」

「ん……」

壱がむくりと体を起こすと、駈流がベッドの上に胡坐《あぐら》をかいて座っていた。駈流はにこやかに、己《おのれ》の組んだ足を指さす。

跨《また》がれ、という意味なのだろう。

──わ……。

のろのろと体を動かして言われたとおりにしようとしたら、駈流のものが目に入ってしまった。大きなそれは既に兆していて、駈流も興奮しているのだと思うと、胸が苦しい程に早鐘を打つ。

「早くおいで、ほら。膝立ちしたまま、俺につかまってて」

「……っ、うん……」

言われた通り、膝立ちで彼の腰の上を跨ぐような格好になる。抱き寄せられた拍子に、駈流の体に自分のものが擦れた。まるで、自ら押し付けるような体勢になっている。

「っ……!」

咄嗟に逃げようとしたが、抱き付かれていて敵《かな》わない。

「はい、逃げない。後ろ、いじるからね」

「えっ、あ……っ」

体の中に指が入れられる。すぐに二本の指が差し込まれ、それは伸ばし、広げるような動きをし始める。

震える膝で懸命に堪えながら、壱は駈流にしがみつく。

──この恰好《かっこう》……結構恥ずかしい……。

どんな姿でも恥ずかしいのに変わりないのだが、とにかく恥ずかしくて堪らない。

胸元に彼の吐息が当たるのも、くすぐったいし、羞恥を覚える。

「あっ……!?」

不意に胸の突起に刺激を感じ、膝が崩れる。彼の膝の上に座る形になってしまった。目をぱちぱちと瞬かせていると、駈流はいたずらっぽく笑う。

「か、駈流さん、今……」

「駄目だよ、いっちゃん。まだ途中なんだから、もう一回腰上げて。ほら」

尻の下にあった駈流のもので擦られ、びっくりして慌てて腰を上げる。そして、再び胸に吸い付いてきた駈流の頭を、壱は思わず叩いてしまった。

「いっ……酷《ひど》いよ、いっちゃん」

「ひど、酷いって、だって……そんなとこ、吸うから!」

「なにが悪いの? だって、いっちゃんのここ、可愛いんだもん」

そう言いながら、駈流は見せつけるように舌で壱の乳首《ちくび》を舐める。指で弄られるのとは違う感触に、壱は息を飲んだ。

「嘘、そんなとこ」

「逃げちゃ駄目だよ」

「あ、ぅっ」

壱の体を、腕を巻きつけるように抱いてホールドし、駈流は舌と唇で愛撫を加える。ちゅう、と音を立てて吸われると、小さな痛みが走った。痛いと思うのに、駈流に吸われたり甘嚙みされたりしていると、変な気分になってくる。

その一方で、駈流を受け入れる場所も徐々に広げられていった。

「あっ……んー……っ」

ぐいぐいと抱き寄せられるせいで、己と駈流の体に挟まれた性器も、一緒に捏ねられる。三ヵ所を同時に責められるような恰好になり、壱は半泣きになりながら喘《あえ》いだ。抵抗する気もなくなる頃に、指で広げられて擦られている箇所《かしょ》の奥の方から、背骨を這《は》うようなざわつきが駆け上ってくる。

「あっ……あっ……?」

伝播《でんぱ》するその痺《しび》れに「あ」とか細い声を上げて、壱は仰《の》け反《ぞ》った。一瞬力が抜けて、すとんと腰を落としてしまう。小さく痙攣《けいれん》しながら壱は呆然とした。

ふ、と駈流が笑う。

「いっちゃん、甘イキしちゃった……?」

「……?」

彼の声は聞こえているはずなのに、その響きはどこか遠くて、頭の中に入ってこない。なにを言われたのかわからないまま、ぼんやりした心地で息を震わせていると、「可愛い」と笑う気配がした。

「腰、もう一回上げてくれる？」

「ん……」

言われるまま腰を上げようとしたが、力が入らない。体が震えて上手くいかないのだ。

いつまでもできない壱を見かねたのか、駈流は「いいよ」と許してくれた。

「頑張るいっちゃんは可愛いけど、あんまり焦らさないで。もう限界」

「じ、焦らしてない……」

必死でやっていたのに意地の悪いことを言われ、視界が滲む。普段ならちょっとやそっとで泣いたりはしないのに、相手が駈流だからか、それとも頭が馬鹿になってしまったのか、涙腺が緩い。

「あ、嘘、ごめん、冗談だよいっちゃん！」

本当に頑張っていたのにと壱が涙声で訴《うった》えれば、駈流は少々焦ったようにごめんと繰り返し謝ってくる。

まるで子供にするようにゆらゆらと体を揺らしながらのご機嫌伺《うかが》いをされて、ほんの少し機嫌が直った。

「じゃあ、いっちゃんは俺につかまっててね」

そう言いながら、駈流は腰をずらし、壱の尻を摑んで僅かに浮かせる。そして、ジェルを遣って広げられた場所に、熱く固いものを押し当てた。

——……駈流さんの、入ってくる。

ひっそりと待ち望んでいたものに期待していると、耳元で「ごめんね」と謝られた。

「なに、が?」

「……あとでちゃんと責任取るから、許して」

一体なんのことだろう、と疑問符を浮かべた瞬間に、駈流の手にぐっと腰を下げられる。

「あっ……!」

ずるりとスムーズに入ってきたものに、息を飲んだ。

広げながら進んでいくものの圧迫感に、無意識に腰が逃げる。けれど、腰を支える駈流の腕はそれを許さず、すぐに引き戻した。

「う、ぁ……っ」

奥まで押し込まれ、呼吸が止まる。同じく息を詰めていた駈流が壱を呼んだ。

「いっちゃん、壱《はじめ》、息して」

優しく背中を摩《さす》られて、ようやく呼吸が戻ってくる。

「……腹、いっぱいになってる……駈流さんので、すごい」

胸を喘がせながら言うと、駈流がぐっと言葉に詰まった。

「それ、狙《ねら》ってやってるならすごいよね」

「なに、が……?」

ずっと待ち望んでいたからだろうか、自分の体が満たされて喜んでいるのが、自分でもわかる。ぞく、ぞく、と繋《つな》がった部分から小刻みに湧き上がってくる甘い痺れに、壱は吐息を漏らした。

「壱」

「う、わっ」

突如《とつじょ》後ろに引き倒されて、ベッドに仰向《あおむ》けにされる。

「え……あっ！」

覆い被さってきた駈流が、腰を打ち付けてくる。性急に求められて、駈流は泣き声のような喘ぎ声を上げた。

——熱くて、苦しいのに、気持ちいい。

中を掻き回されて突き上げられる度に、声が上がる。駈流のものを受け入れている場所が、悦《よろこ》ぶように収縮しているのがわかった。ジェルや互いの体液が音を立てて、そのいやらしさに体が疼《うず》く。気持ちいいからもっと、と熱に浮かされた壱は泣きながら請うた。

「あっ、……？」

すっと熱が引くような感覚を覚え、一瞬あとに滲むような快楽が押し寄せてくる。

「あっ、あ、駈流さん、待っ……」

「っ、待たないよ。煽《あお》ったのはお前だろ……！」

微かに息を上げながら、駈流はより強く中を穿《うが》ってくる。余裕のない動きと少し乱暴な言葉遣いに、壱は胸を震わせた。

余裕のない様子は、求められている気がして嬉しい。

「あっ、あっ、駄目、もう……っ、あ」

その間にもじわじわと迫ってきた快感に、壱は頂《いただき》へと一気に押し上げられた。

「っ——！」

目の前が真っ白になり、体ががくんと仰《の》け反《ぞ》る。互いの体の間に挟《はさ》まれていた性器から、温かいものが飛んで、腹を汚したのがわかった。

「あっ……ぅ……」

びく、びく、と震え、強張る体で、必死に駈流にしがみつく。中に入っている駈流のものを、ぎゅっと締め付けているのが自分でもわかった。

「かけ、るさん……っ」

達しながら、駈流さん、駈流さん、と何度も名前を呼ぶ。

くそ、と耳元で声がして、両腕で抱きしめられた。そして、まだ達している最中の壱の体を、駈流が深く穿ってくる。

「っ⁉　あっ、あ？」

「ごめん、俺まだ……っ」

余裕のない声と共に、駈流が何度も腰を打ちつけてくる。締め付けようとする媚肉《びにく》を、無理矢理こじ開けるように擦り上げられた。

「や、あっ、あ……っ」

先程の強い絶頂感がずっと続くような感覚に体は逃げようとするのだが、上から押し潰すように抱きしめられてままならない。

――壊れる、変になる……っ、死ぬ……っ。

頭も体も付いていけず、混乱したまま壱はあられもない間伸びした声を上げる。下肢《かし》はまるで粗相をしたように濡れて、恥ずかしいのにどうにもできない。揺さぶられるままに壱は泣き、駈流はそんな壱を更に翻弄《ほんろう》する。

「っ、壱……っ」

駈流の体が強張り、より強い力で抱きしめられる。耳元で息を詰める気配がして、首筋に軽く歯を立てられた。

「あ、ぁ……っ！」

ちりっと肌に走った痛みと共に音を立てて突き上げられた瞬間、深いところで駈流が達する。

その衝撃に、息が止まった。

「っ、あ……っ」

駈流は壱の首筋に顔を埋《うず》めながら、がくがくと痙攣する壱の体を覆うように抱きすくめる。

身動《みじろ》ぎできずに、壱は駈流の吐き出した熱を受け止めた。

「っ……、く……！」

「ん、あ……ぁっ」

嚙んだ場所を優しく舐めながら、駈流が壱の体を穿つ。深く嵌《は》めたまま何度も揺すられ、意識が飛びそうになった。

出し切ったのか、暫くしてようやく駈流の動きが止まる。互いの荒い呼吸だけが部屋に響き、駈流が大きく息を吐いた。

少し身を起こした駈流が、壱の額に貼りついた前髪を払う。そして、額に優しく口付けてきた。先程まで、少し怖いくらいの顔をしていたのに、いつもの優しい駈流に戻っている。壱の頭を撫でながら、駈流は何度も口付けてきた。

「……あ……」

強い快感の波が去り、ぶるっと身震いする。強張っていた体から力が抜けた。指一本動かせないのに、腰だけがまだ、はしたなく揺れている。

——すごい、気持ちいい……。

ほっと息を吐き、目を閉じる。このまま眠ってしまいたい。

「ごめんね、中で」

「ん……平気」

駈流のものが中に注がれた事実に、形容しがたい幸福感が襲ってくる。ほっと息を吐いて、自分の精液で汚してしまった腹を撫でながら、壱は微笑んだ。

「……きもち、いい、……好き」

思わずそんなことを口走った壱に、駈流が「うっ」と低い声を上げる。中に入っていた彼のものが、また硬度を取り戻す気配がした。

「……駈流さん？」

「いっちゃん……ほんと、君、ほんっと……」

先程まで壱を翻弄《ほんろう》して泣かせていたくせに、駈流は真っ赤になっている。

散々泣いて喘いで、満足して、そして疲れ切ってもうできないと思ったのに、駈流がまだ壱を抱きたいという気持ちがあるのだと自覚したら、嬉しくて堪らなくなってしまった。

「……やばい、離れられなくなりそう」

そう言いながら駈流が微かに腰を引いたのを察して、壱は反射的に手を伸ばす。

「駈流さん」

離れないでほしい、まだ一緒にいたい。そんな気持ちが湧いて、両手で駈流の頬を挟み、壱は自ら唇を寄せる。触れるだけのキスをしてすぐに離れると、駈流は目をぱちぱちとしながら見下ろしていた。

「駈流さん、俺……、まだ、したいんだけど……」

駄目？　と問おうとした唇は、言い終わる前に駈流に塞がれた。

あとでちゃんと責任取るから許して、と駈流が言っていた意味は、散々抱き合ったあとに風呂に入ってからわかった。

疲労感から体を動かすのが億劫《おっくう》になった壱を風呂に入れ、体中を洗い、そして中に出したものの始末をする。そういうことだったのだ。あまりの恥ずかしさに半泣きで抵抗したが、駈流は非常に楽しそうに後始末をしてくれたのだった。

「――ごめんってば、いっちゃん。怒んないでよ」

「……別に、怒ってない」

親切からしてくれたのだとはわかっていても、まっすぐ顔を見られない。

浴槽《よくそう》の中で体をまさぐられながら、もっと恥ずかしいこといっぱいしたでしょ、と駈流に窘められたが、ベッドの上では「そういうものだ」と思ってある程度開き直ることができる。

だが事を済ませて冷静になった頭で、たとえそれが身を清めるための行為だったとしても、体の中まで触れられて冷静でいるなんて壱には無理な話だ。

――……駈流さん、本当に大人だ。無理だ、俺には。

今もそうだが、なんであんな風に冷静でいられるのだろう。壱はまだ羞恥を引きずっていると言うのに、駈流は平然としている。慣れれば自分もそうなるのだろうか。けれど、まだまだ慣れる気がしない。

経験値の差か、と思う一方で、彼の恋愛遍歴《へんれき》を想像して小さな嫉妬を覚えてしまう。

テーブルにつき、俯いたままでいる壱の頬に、駈流が対面から触れてきた。はっと視線を上げれば、苦笑した駈流がいる。

「いっちゃん、ごめんね。反省してます。ごはん、食べよう?」

「……別に、怒ってないってば」

むすっとした口調で返すと、駈流は「いっちゃぁん」と情けない声を上げた。何故《なぜ》普段は察しがいいのに、壱が怒っているのではなく恥ずかしいのだということに駈流は気が付いてくれないのだろうか。

駈流がフォークを手に取ると、駈流はあからさまにほっとしたようだった。

今日のメニューは、大盛りのローストビーフ丼《どん》、野菜スープ、海老とブロッコリーの卵サラダ、緑黄色野菜の梅酢付けだ。

大きめのオーバルプレートに盛られたローストビーフ丼はとにかく肉の量が多く、捲っても捲ってもローストビーフが出てくる。カイワレ大根や青ネギの散らされた堆《うずたか》い肉の山のてっぺんには温泉卵が載っていて、先程からとてつもなく食欲をそそられている。

思わず、こくりと喉が鳴る。

「……いただきます」

「はい、どうぞ。改めて、大学合格おめでとうございます」

「ありがとうございます」

まずは一枚、ローストビーフを口に運ぶ。やわらかな牛肉の味が口いっぱいに広がって、壱は無言で感動する。ニンニクと玉ねぎのソースがかかっていて、それがまたなんともおいしい。肉の山を少し崩したところで、温泉卵にフォークを差し込む。割れた白い塊《かたまり》から、輝くオレンジ色の黄身が垂れて、もうそれだけでおいしそうだ。そこに肉を絡めて、米と共に頂くと、この世にこんなにうまいものがあったのかと思うほどだった。

黙々と食べすすめていると、視線を感じて顔を上げる。対面の駈流が、にこにこしながらこちらを見つめていた。

「……食べないの、駈流さん」

「ああ、うん。食べる。でもいっちゃんが美味しそうに食べてくれるのが嬉しくて、ずっと見ていたくなっちゃった」

「あんま見ないで。見るの禁止」

「ええ～？　ひどくない？」

笑いながらそう言って、駈流もフォークを手にする。壱よりだいぶ盛りの少ないローストビーフ丼を口に入れ「うん、上出来上出来」と頷いていた。

「いっちゃんお肉好きだもんね。ステーキとかすき焼きとかも考えたんだけど、すぐ食べられるほうがいいかなと思ってこれにしたんだ」

「へー。確かにすぐだった」

実際、風呂からあがって五分と経《た》たないうちに、配膳《はいぜん》が済まされてしまった。肉はあらかじめ切ってあったそうで、それにしても早い。

ステーキでもすき焼きでもいいけれど、ローストビーフも大変おいしいので、壱からすればなんでも大歓迎だ。

あっという間に平らげて、お代わりまでして、食後のデザートを出されたタイミングで、駈流が「あのね」と言って席を立った。

リビングの棚の中から、駈流がブランド物の紙袋を取り出す。それを、壱の前に置いた。

「はい、これは俺からの合格祝い」

「えっ……料理がそうだったんじゃないの？」

夕飯と、デザートの三段重ねのガトーショコラが「お祝い」なのだと思っていた。実際に物品のプレゼントがあるとは思わず、壱は何度も紙袋と駈流を見比べてしまう。

「料理は料理だよ。開けてみてくれる？」

「え……はい」

色々世話になっていて、こちらこそお礼をすべきなのではないか、という躊躇いがありつつ、壱は紙袋からプレゼント包装された箱を取り出した。

中を開けると、ネクタイと腕時計が入っている。ネクタイは落ち着いたブルー系のもので、うっすら模様が入ったものだった。

「入学式に使うスーツとか靴とかは、ご両親からプレゼントされるかなと思って。俺からはこれで」

「ええ……あ、ありがとう、ございます」

ふたつとも同じブランドのもので、その名前は壱でも知っている。

こんなに高価なものをもらってもいいのだろうかと戸惑った。

「ネクタイは、入学式の後は多分成人式か就活までは使わないと思うけど、時計はいつも使うでしょ？　テストのときとかも必要だしね。できれば、使ってくれると嬉しい」

言いながら、駈流は壱の手にあった箱を開け、時計を出す。

「つけてみていい？」

「あ、うん……」

恭《うやうや》しい仕種で駈流は壱の手を取った。かちっと音を立てて、時計が嵌められる。大きめで重い時計は大人っぽくて、身に着けるだけで前の自分よりも大人になったようで、どきどきした。

「よかった、サイズもよさそうだね」

「うん。……なんか、すごいね」

千円で買ったような安い時計とは、当然だが色々違う。

色々な角度で眺めてみてから、そういえばそれがいつも駈流が使っている時計と同じメーカーだということに気が付いた。

――そっか、これ駈流さんのと同じ……。

デザインは違うが、たったそれだけのことが嬉しくなる。思わず口元を緩ませると、駈流に頭を撫でられた。

子供にするようにではなく、けれど慈《いつく》しむようなその手に、頬が熱くなる。

「気に入ってもらえるといいんだけど」

「気に入ったよ、勿論！　嬉しい、ありがとう」

そして、少し恥ずかしいことも考えてしまったのだ。

駈流からプレゼントされたものを身に着けていたら、お守りというか、駈流が傍《そば》にいてくれているような気がして心強い。

色々な角度から、もらった腕時計を眺めてしまう。化粧板がきらきらと反射して、まるで宝石のように見えた。

「ありがとう、駈流さん。俺、これ大事にする――」

笑いかけようと顔を上げたら、唇を塞がれた。

目をぱちくりとさせていると、駈流の顔がそっと離れていく。

「え……っと？」

キスするタイミングだと思わなかったので、戸惑う壱に、駈流が「いっちゃん可愛い」と独《ひと》り言《ごと》のように呟いた。

苦々しい表情になり、。駈流は大きく息を吐く。

「あー……俺は本当に、本当に駄目な大人だ」

「え、な、なにが⁉」

一体なぜ急にそんなことを言い出すのだろう。駈流が駄目な大人なら、他の大人はどうなるのだろう。寧ろ、甘やかされすぎて壱のほうが駄目になりそうだというのに。

「いっちゃんが眩しい」

「ええ？」

一体どういう意味なのかと思うが、駈流はなにも言わず、眉尻を下げたまま壱の頰を撫でて、ちゅっと音を立てて頰にキスをしかけてくる。

何故かしょんぼりした様子だ。彼がそんな顔をする理由は判然としなかったが、なんだか萎《しお》れる彼が可愛く見えてきて、壱は自ら手を伸ばした。

「……駈流さん、あのさ。明日休み？」

「え、うん。土曜日だしね」

「あの……じゃあ、明日、遅く起きても大丈夫だよ、ね？」

自分から言い出したくせに、しどろもどろになってしまう。もっとスマートに言えないものかと、壱は赤面した。

駈流は一瞬目を丸くした後、「え？」と漏らす。

あまり深く突っ込まないでほしいし、通じなかったのならそれはそれでいいのだと逃げようとしたら、手首を掴まれた。

「いっちゃん、それって――」

駈流が口を開いたのとほぼ同じタイミングで、壱の携帯電話に着信がある。

無視をしようかと思ったが、テーブルの上に置いた携帯電話のブラウザに表示されたのは「父」の文字だった。

駈流はぱっと手を離し「お父さんからだね」と言う。今日が合格発表だったので、わざわざ連絡をくれたのだろう。流石に無視するのはいかがなものかと、壱は電話を取った。

「もしもし――」

『壱！　合格おめでとー！』

わー！　と歓声を上げる父親の後ろで、母親と弟の声もする。大きな声だったので駈流にも聞こえたらしく、小さく笑っていた。

「あ、ありがと」

『友達と遊んでたのか⁉　さっき何回か電話したけど出なかったな！』

父親の指摘に、思わずぎくりとする。まったく気づかなかったのは、ベッドの上だったからか、風呂の中だったからか。

やはり聞こえているらしく、駈流が非常にいたたまれない様子だ。

「ああ、うん。そう。遊びに行ってた」

『まあ、そういうもんだよな！　羽目を外し過ぎなければいいからなー！』

帰宅してから今までしていたことを考えると、若干「羽目を外し」ていたような気もするが、「しないよ」と返す。

取り留めもない会話をしているうちに、駈流がどこかに行ってしまうのではないかと、そわそわしてしまう。こちらから誘って、一瞬乗ってきてくれたように見えたが、気が削《そ》がれてやっぱりやめる、なんてことになったら悲しい。

父親には申し訳ないが、早く切ってもらえないかなという気持ちがおざなりな相槌に表れてしまう。

父親も察したらしく「じゃあそろそろ」と話の締めに入ってくれたのでほっとした。

『あ、そうそう。明日そっちに行くからな。十二時に東京着の新幹線、もう切符取ってあるんだ！』

「は——？」

『折角土曜日なんだから、家族で合格祝いしような！　お母さんと弐《そえる》にも会いたいだろ？　そんじゃな!』

「あ、ちょっと――」

こちらの意見も聞かずに、父親が電話を切る。

会話が聞こえていたであろう、駈流が苦笑した。

「そっか、明日ご家族来るんだね」

「……そう、みたい」

ウソだろ、というのが正直なところだ。十二時着、ということは、せめてここを十一時には出発しておきたい。それとも、ここに来るのだろうか。

そのあたりのことが全て曖昧で、父親のいい加減さに歯噛みする。

「なんか、ごめんなさい」

「いいよ、別に」

折角勇気を出して誘ったのに、こんなのはあんまりだ。恥ずかしいし、おまけに駈流がちっとも残念そうじゃないのも少々傷つく。やっぱり、一日に何度もしようとした壱に呆れているのかも知れない。

慣れないことなんて、するもんじゃない。――そう思いながら羞恥に唇を噛んでいると、いつの間にか背後にやってきていた駈流に、そっと抱きしめられた。

「え――」

後頭部に唇が触れる気配がする。

「じゃあ、早めにベッド行こうか」

明日は早いから、早めに就寝しよう、という意味だろうか。それとも。

そっと振り返ると、後ろから回ってきた駈流の手が、スウェットの裾の中に差し込まれる。

その手の熱さと、思惑《おもわく》ありげな動きに、ちゃんと先程の「お誘い」が生きているのだと知った。

「目覚まし、ふたつかけておこうね？」

優しいが、どこか蠱惑的《こわくてき》な声で囁かれ、壱は赤面しながら頷いた。

AFTERWORD

あとがき

—栗城偲—


　はじめましてこんにちは。栗城偲《くりきしのぶ》と申します。この度は拙作《せっさく》『同居注意報』をお手にとって頂《いただ》きましてありがとうございました。楽しんで読んで頂ければ幸いです。

　ディアプラス文庫では珍しく、カップルの片割れが高校生です。無口で愛想がさほど良くない、という性格も、結構珍しいかなと思います。そして攻は面倒見のいいオカン攻です（これは全然珍しくない）。よく「スーパー攻様」と「スパダリ攻」のなにが違うのかという話をするのですが、その違いのひとつとしてスパダリ攻は「とても面倒見がいい（金で解決しない）」というのがあります（個人的見解ですよ）。私の中でスパダリ攻とオカン攻は非常に似た攻なのですが、じゃあなにが違うかというとオカン攻は所帯じみているということです。家具はオシャレより利便性重視。百円均一大好き。手作りもしちゃう。でもお金を使うところには使い、決めるときには決める。というのがオカン攻（くどいようですが個人的見解です）。

　オカン攻について語ってしまいましたが、この本はいつもと違うことがありまして。雑誌掲載時のコメントにも書いたのですが、今までそれなりの数の本を出させて頂いて、「ひとつの話で視点が変わる話」を書いたのはこれが初めてだったりします（本篇と掌篇で視点が変わるということはあります）。苦手な方もいるかと思うのですが、すれ違いコントのようなものだと思って楽しんで頂ければ嬉しいです。

イラストは雑誌掲載時に引き続き、陵《みささぎ》クミコ先生に描いて頂けました。
壱《はじめ》が男子らしい可愛《かわい》らしさで素敵ですよね……。大人っぽくもあり、頼りなくもあり、青年への過渡期の瑞々《みずみず》しさがあり……でも食事中はやんちゃな感じで可愛いのです！

そして駈流《かける》がなんというか、絶妙に、いいお兄さんな感じでもありやらしそうな感じのお兄さんでもあり……（それでいて甲斐甲斐《かいがい》しい性格なんですよこのお兄さん）。

そんな二人が表紙で可愛らしくいちゃついてて、すごく可愛い本にして頂きました。

お忙しいところ、ありがとうございました！

そしてこの本をお手にとって頂いた皆様。本当にありがとうございます。よろしければ、感想など頂ければ幸いです。

ツイッターなどやっておりますので、よろしければそちらもご覧ください。

またどこかで、お目にかかれますように。

この本を読んでのご意見、ご感想などをお寄せください。
栗城 偲先生・陵クミコ先生へのはげましのおたよりもお待ちしております。

〒113-0024　東京都文京区西片2-19-18　新書館
[編集部へのご意見・ご感想] ディアプラス編集部「同居注意報」係
[先生方へのおたより] ディアプラス編集部気付　〇〇先生

-初出-
同居注意報：小説DEAR+17年フユ号（vol.64）
バレンタイン警報：書き下ろし

同居注意報《どうきょちゅういほう》

著者：栗城 偲 くりき・しのぶ

初版発行：2018年1月25日

発行所：株式会社 新書館
[編集] 〒113-0024
東京都文京区西片2-19-18　電話（03）3811-2631
[営業] 〒174-0043
東京都板橋区坂下1-22-14　電話（03）5970-3840
[URL] http://www.shinshokan.co.jp/

印刷・製本：株式会社光邦

ISBN978-4-403-52445-5 ©Shinobu KURIKI 2018 Printed in Japan